文春文庫

偽 久 蔵

新・秋山久蔵御用控（八）

藤井邦夫

文藝春秋

目次

おもな登場人物

秋山久蔵　南町奉行所吟味方与力。〝剃刀久蔵〟と称され、悪人たちに恐れられている。心形刀流の遣い手。普段は温和な人物だが、悪党に対しては情け無用の冷酷さを秘めている。

神崎和馬　南町奉行所定町廻り同心。久蔵の部下。

香織　久蔵の後添え。亡き先妻・雪乃の腹違いの妹。

大助　久蔵の嫡男。元服前で学問所に通う。

小春　久蔵の長女。

与平　親の代からの秋山家の奉公人。女房のお福を亡くし、いまは隠居。

太市　秋山家の奉公人。おふみを嫁にもらう。

おふみ　秋山家の女中。ある事件に巻き込まれた後、九年前から秋山家に奉公するようになる。

幸吉　〝柳橋の親分〟と呼ばれた弥平次の跡を継ぎ、久蔵から手札をもらう岡っ引。

お糸　隠居した弥平次の養女で、幸吉を婿に迎えて船宿『笹舟』の女将となった。息子は平次。

弥平次　女房のおまきとともに、向島の隠居家に暮らす。

勇次　元船頭の下っ引。

雲海坊　幸吉の古くからの朋輩で、手先として働く托鉢坊主。ほかの仲間に、しゃぼん玉売りの由松、蕎麦職人見習いの清吉、風車売りの新八がいる。

長八　弥平次のかつての手先。いまは蕎麦屋『藪十』を営む。

偽久蔵

新・秋山久蔵御用控（八）

第一話

僞久蔵

一

賭場《とば》は煙草《たばこ》の煙と熱気に満ち、燭台の明りは揺れていた。

壺振りが壺を振り、客たちは眼の色を変えて丁半に駒札を張った。

丁半の駒札が揃い、客たちは息を詰めた。

壺振りが壺を開けた。

「二六の丁……」

盆茣蓙《ぼんござ》を囲んでいた客たちは、喜び、悔やみ、騒《ざわ》めいた。

「待て……」

盆茣蓙の端にいた中年の着流しの侍は、博奕《ばくち》打ちたちに静かに声を掛けた。

博奕打ちたちは、一斉に着流しの侍を見た。

客たちは、騒めきを止めた。

「お侍さん、どうかしましたかい……」

肥《ふと》った赤ら顔の貸元は、着流しの侍に探るような眼を向けた。

「うむ……」

着流しの侍は、駒札を壺振りに投げた。

駒札は、壺振りの握り締めた手の甲に当たった。

壺振りは短く呻《うめ》き、握り締めた手から二つの賽子《さいころ》を落とした。

「細工をした賽子と掏《す》り替える如何様《いかさま》か……」

着流しの侍は睨《にら》んだ。

「手前……」

博奕打ちたちが熱《いき》り立ち、客たちは我先に賭場から逃げた。

着流しの侍は苦笑した。

博奕打ちたちは、着流しの侍を取り囲んだ。

「お侍……」

貸元は、赤ら顔を怒りに歪《ゆが》めて着流しの侍を睨み付けた。

「貸元、汚い真似はするんじゃあない」

「煩《うる》せえ……」

壺振りは、着流しの侍を蹴飛ばそうとした。

刹那《せつな》、着流しの侍は、抜き打ちの一刀を横薙《よこな》ぎに放った。

白い盆茣蓙に赤い血が飛び、足首を斬られた壺振りが倒れた。

容赦のない鮮やかな一刀だった。

壺振りは泣き叫び、貸元たち博奕打ちは恐怖に後退《あとずさ》りした。

「早く手当てをしてやるのだな」

着流しの侍は告げた。

三下《さんした》たちが、泣き叫ぶ壺振りを連れ去った。

「貸元、如何様の始末、どう着ける……」

着流しの侍は、刀を貸元に突き付けた。

刀の鋒《きつさき》から血が滴《したた》り落ちた。

貸元は、恐怖に震え上がり、金箱の小判を手拭に包んで差し出した。

着流しの侍は、刀を鞘《さや》に納めて小判の包みを受け取り、懐《ふところ》に入れた。

「お、お侍さんは……」

「俺か、俺は南町奉行所の秋山久蔵《あきやまきゅうぞう》だ……」

着流しの侍は、冷笑を浮かべて云い放った。

「秋山久蔵……」

貸元は驚いた。

「剃刀《かみそり》久蔵だ……」

博奕打ちたちは、恐怖に顔を歪めて囁《ささや》き合った。

「邪魔したな……」

久蔵は、貸元たち博奕打ちを不敵に見廻して賭場を出て行った。

「秋山久蔵……」

貸元は、呆然と見送った。


南町奉行所定町廻《じょうまちまわ》り同心の神崎和馬《かんざきかずま》は、岡っ引の柳橋《やなぎばし》の幸吉《こうきち》や下っ引の勇次《ゆうじ》と市中見廻りの途中、湯島天神に立ち寄った。

和馬、幸吉、勇次は、境内《けいだい》にある茶店の縁台に腰掛けて茶を飲んだ。

「和馬の旦那……」

「なんだい、幸吉……」

和馬と幸吉は歳が同じであり、若い頃から久蔵と弥平次《やへいじ》の薫陶を受けて修羅場を潜《くぐ》って来た仲だった。

下っ引の勇次は、そうした和馬と幸吉を若い衆の頃から見て来ていた。

「どうやら、秋山さまの偽者が現れたようですぜ……」

幸吉は茶を啜《すす》った。

「秋山さまの偽者……」

和馬は驚き、素《す》っ頓狂《とんきょう》な声をあげた。

「ああ。勇次……」

幸吉は、勇次を促した。

「はい。昨夜、明神下《みょうじんした》の地廻りの知り合いに逢ったんですがね。一昨日の夜、谷中《やなか》の賭場に秋山さまが現れ、如何様を見抜いて壺振りの足を斬り、貸元から始末金を取って帰ったそうですよ」

勇次は眉をひそめた。

「そいつ、本当に秋山さまだったのか……」

和馬は訊いた。

「はい。その着流しの侍、自分で南町奉行所の秋山久蔵だと名乗ったそうです」

勇次は、厳しい面持ちで告げた。

「自分で名乗った……」

和馬は、戸惑いを浮かべた。

「はい……」

勇次は頷《うなず》いた。

「和馬の旦那、ま、秋山さまが賭場荒しのような真似をする筈《はず》がありません。ですが、南町奉行所の秋山久蔵と名乗った限り、みんなが秋山さまの仕業だと思っても不思議はありませんぜ」

幸吉は心配した。

「うん。で、その偽者の秋山久蔵、どんな奴だったのかな……」

「中年の着流しの侍で、かなりの剣の遣い手だったそうですよ」

「かなりの剣の遣い手か……」

久蔵は、心形刀流《しんぎょうとうりゅう》の達人だった。

「で、容赦のない奴だとか……」

勇次は眉をひそめた。

「そうか、秋山さまの偽者か……」

和馬は眉をひそめた。

「それにしても和馬の旦那、秋山さまの偽者、何が狙いなんですかね」

幸吉は尋ねた。

「秋山さまを陥れて遺恨を晴らすか……」

和馬は読んだ。

「遺恨ですか……」

「ああ。秋山さまは知っての通り、悪党に容赦のない人だからな。恨みや逆恨み、数え切れないだろうからな」

「ええ……」

幸吉は頷いた。

「よし、俺は秋山さまに訊いてみる……」

「じゃあ、あっしと勇次は偽者の秋山さまを追ってみますぜ」

「うむ。頼む……」

和馬は、幸吉、勇次と別れて数寄屋橋《すきやばし》御門内の南町奉行所に向かった。


地廻りの明神一家は、明神下の裏通りに店を構えていた。

幸吉と勇次は、明神一家の親方の仁吉《にきち》を訪れた。

「谷中の賭場に現れた秋山久蔵さまの事ですかい……」

仁吉は小さく笑った。

「ああ。秋山さまが現れたって賭場は谷中の何処《どこ》で、貸元は誰かな……」

幸吉は尋ねた。

「へい。あっしの知る限りじゃあ賭場は谷中の安徳寺《あんとくじ》、貸元は谷中八軒町《はちけんちょう》の博奕打ち、八軒屋《はちけんや》の藤兵衛《とうべえ》ですぜ」

「八軒屋の藤兵衛……」

「ええ。肥った赤ら顔の野郎ですぜ」

仁吉は告げた。

「そうか、造作を掛けたね。処で仁吉の親方、此の事は余り言い触らさない方が良いぜ」

「えっ……」

仁吉は、戸惑いを浮かべた。

「秋山久蔵さまの本当の恐ろしさを思い知らされる事になるぜ」

幸吉は笑い掛けた。

「そ、そうですか。いや、良く分りました」

仁吉は、怯《おび》えを過《よ》ぎらせた。

「じゃあ、手下共にも厳しく云い聞かせるんだな」

幸吉は、勇次を促して立ち上がった。


南町奉行所の用部屋の障子には、木の枝の影が揺れていた。

「一昨日の夜、何処にいたかだと……」

久蔵は、戸惑いを浮かべた。

「はい……」

和馬は、久蔵を見詰めた。

「一昨日の夜は、ずっと屋敷にいたよ」

「そうですか……」

和馬は頷いた。

「さあて、和馬、何があったのだ……」

久蔵は苦笑した。

「はい。一昨日の夜、着流しの侍が賭場で如何様を見抜きましてね。壺振りの足を斬って貸元から金を脅し取ったそうです」

「そいつが俺だってのかい……」

「はい……」

「仔細を話してみな……」

「その着流しの侍、南町奉行所の秋山久蔵だと名乗りましてね」

「ほう、賭場荒しの着流しの侍が南町奉行所の秋山久蔵と名乗ったのか……」

久蔵は眉をひそめた。

「はい。おそらく秋山さまを陥れる為に……」

和馬は、厳しい面持ちで告げた。

「ならば、俺に遺恨を持っている奴か……」

久蔵は読んだ。

「かもしれません……」

和馬は頷いた。

「俺に恨み辛みを持っている者は、数え切れねえ程にいるぜ」

「はい。それで先《ま》ずは、賭場を荒した秋山久蔵がどんな奴か、柳橋が調べ始めました」

「そうか。それにしても、秋山久蔵の偽者が賭場荒しとはな……」

久蔵は苦笑した。

「ええ。此からも何処に現れ、何をする気なのか……」

和馬は眉をひそめた。

「ま、悪党相手に俺の名を騙《かた》った処で、下手をすれば命取りになるだけだ。よくやるぜ」

久蔵は、面白そうに笑った。


谷中は東叡山寛永寺《とうえいざんかんえいじ》の北側に位置し、天王寺《てんのうじ》やいろは茶屋が名高かった。

幸吉と勇次は、不忍池《しのばずのいけ》の東側を抜けて谷中八軒町にやって来た。

「此処《ここ》ですぜ……」

勇次が、丸の中に八と大書された腰高障子《こしだかしょうじ》の店を示した。

「八軒屋か……」

幸吉は、八軒屋を覗《のぞ》いた。

腰高障子の開け放たれた店の土間では、二人の三下が賽子遊びをしていた。

「よし、行くぜ……」

幸吉は、勇次を促して八軒屋に向かった。

「邪魔するぜ」

幸吉は、八軒屋の土間に入った。

勇次は続いた。

「へい。どちらさまですかい……」

二人の三下は、賽子遊びを止めて幸吉と勇次を迎えた。

「貸元の藤兵衛はいるかい……」

幸吉は尋ねた。

「えっ。お前さんは……」

三下は、貸元の藤兵衛を呼び捨てにする幸吉に戸惑った。

「柳橋の幸吉って者だ。藤兵衛はいるのか……」

幸吉は、懐の十手を見せた。

「こりゃあ親分さんで……」

三下は狼狽《うろた》えた。

「ああ。藤兵衛に聞きたい事があってな。さっさと呼んで貰おうか……」

幸吉は、三下を厳しく見据えた。

「へ、へい。ちょいとお待ちを……」

三下の一人は、朋輩《ほうばい》を残して慌てて奥に行った。

残された三下は、その顔に怯えと緊張を入り混じらせた。

「お前、名前何てんだい……」

勇次は笑い掛けた。

「お、音吉《おときち》です」

残された三下は、緊張した声を震わせた。

「そうか。音吉か、宜しくな」

勇次は、音吉と名乗った三下の肩を気安く叩いた。

「は、はい……」

音吉は、怯えながら頷いた。

肥った赤ら顔の貸元藤兵衛が、三下を従えて出て来た。

「柳橋の幸吉親分さんですかい……」

藤兵衛は、框《かまち》に座った。

「ああ。八軒屋の藤兵衛かい……」

幸吉は、框に腰掛けた。

「ええ。で、何か御用ですかい……」

藤兵衛は、幸吉に探る眼を向けた。

「どんな奴だったい、秋山久蔵は……」

幸吉は、藤兵衛を見据えた。

「やっぱり、その件ですかい……」

藤兵衛は、腹立たしげに顔を歪めた。

「ああ。で……」

幸吉は促した。

「歳の頃は四十歳半ば過ぎ、背丈は五尺五寸ぐらいで、容赦なく人を斬る野郎だぜ」

藤兵衛は告げた。

「親分……」

勇次は眉をひそめた。

歳の頃と背丈は、久蔵と同じようなものだ。

「ああ。で、その秋山久蔵、今迄にも賭場に出入りしていたのかな」

幸吉は尋ねた。

「いや。初めて見た面《つら》だぜ」

「初めての客……」

「ああ……」

藤兵衛は頷いた。

「藤兵衛、お前さんの賭場は、素性の分らない一見《いちげん》の客を黙って入れるのか……」

幸吉は、藤兵衛を見詰めた。

「い、いや。そんな事はねえ。一見の客は馴染《なじみ》と一緒か口利きがなきゃあ入れねえのが定法だ」

藤兵衛は眉をひそめた。

「じゃあ、その秋山久蔵、誰か馴染と一緒だったのか……」

「千助《せんすけ》、一昨日の夜の安徳寺の裏門の張り番は誰だ……」

藤兵衛は、呼びに来た三下の千助に訊いた。

「へ、へい。一昨日の夜の安徳寺の張り番は、あっしや音吉でしたが……」

千助は告げ、音吉は頷いた。

「あの秋山久蔵、賭場の馴染の誰かと一緒に来たのか……」

藤兵衛は、千助と音吉を見据えた。

「いえ。あの秋山の野郎は、確か博奕打ちの三五郎《さんごろう》さんの口利きだと。なあ、千助……」

音吉は、千助に同意を求めた。

「ああ。そうです、博奕打ちの三五郎さんの口利きで来た筈です」

千助は頷き、藤兵衛に告げた。

「博奕打ちの三五郎か……」

藤兵衛は眉をひそめた。

「三五郎ってのは八軒屋の身内なのか……」

幸吉は、藤兵衛を見据えた。

「いや、違う。三五郎は親分なしの子分なし、一匹狼の博奕打ちだ」

藤兵衛は告げた。

偽者の秋山久蔵は、博奕打ちの三五郎と何らかの拘《かか》わりがある。

幸吉は睨んだ。

「で、その博奕打ちの三五郎、家は何処だ」

「さあ、浅草界隈《かいわい》の盛り場で遊んでいると聞いたが、家が何処かは知らねえな」

藤兵衛は苦笑した。

千助と音吉は顔を見合わせた。

「本当だろうな……」

幸吉は、藤兵衛に念を押した。

「ああ……」

藤兵衛は頷いた。

「よし。邪魔したな……」

幸吉は、藤兵衛に笑い掛けた。


八軒屋を出た幸吉と勇次は、斜向《はすむか》いの路地に素早く入った。

「親分……」

「藤兵衛の奴、三五郎の家を知っているのに、知らねえと惚《とぼ》けているかもしれないな」

幸吉は睨んだ。

「ええ。音吉と千助、藤兵衛が知らねえと云うのを聞いて顔を見合わせていましたぜ」

勇次は頷いた。

「そうか。じゃあ、藤兵衛がどう動くか、ちょいと見張ってみるか……」

幸吉は決めた。

「親分……」

勇次は、八軒屋から出て来た三下の千助と音吉を示した。

三下の千助と音吉は、足早に下谷《したや》に向かった。

「よし。追うぜ」

「はい……」

幸吉と勇次は、三下の千助と音吉を追った。


三下の千助と音吉は、上野山内を抜けて不忍池の東の畔《ほとり》に進んだ。

幸吉と勇次は追った。

「浅草に行くなら山下から新寺町ですか……」

勇次は、道筋を読んだ。

「うむ。だが、どうやら違うようだな……」

幸吉は、不忍池の中の島弁財天と仁王門前町《におうもんぜんちょう》の前を抜けて下谷広小路に進む千助と音吉を示した。

下谷広小路を南に進めば、神田明神から神田川に出る。

千助と音吉は、下谷広小路を南に進んだ。

「博奕打ちの三五郎が浅草界隈で遊んでいるってのは、口から出任せですかね」

「ああ。藤兵衛の野郎、目眩《めくら》ましのつもりで云ったのだろう」

幸吉は苦笑した。

千助と音吉は、上野北大門町《きただいもんちょう》の角を曲がって御成《おなり》街道に進んだ。


神田明神境内は参拝客で賑わっていた。

千助と音吉は、門前町の盛り場に入った。

盛り場の左右に連なる飲み屋は、遅い朝を迎えて店の者たちは掃除に忙しかった。

千助と音吉は、盛り場を進んで奥にある小さな飲み屋の前で立ち止まった。

小さな飲み屋の腰高障子には、『鶴《つる》や』と書かれていた。

「鶴やか。三五郎の家ですかね……」

「さあて、どうかな……」

幸吉と勇次は、物陰から見守った。

千助は、『鶴や』の腰高障子を叩いた。

『鶴や』の腰高障子が開き、年増が顔を出した。

「八軒屋の者ですが、三五郎の兄貴はいますかい……」

「ええ。どうぞ……」

年増は、千助と音吉を『鶴や』の店内に入れて腰高障子を閉めた。

「三五郎、やっぱり此処にいますね」

「ああ……」

幸吉は頷き、飲み屋『鶴や』を眺めた。

二

僅《わず》かな刻《とき》が過ぎた。

飲み屋『鶴や』の腰高障子が開いた。

千助と音吉が、派手な半纏《はんてん》を着た背の高い痩せた男と出て来た。

幸吉と勇次が物陰から現れ、三人の前に立ちはだかった。

千助と音吉は怯《ひる》み、背の高い痩せた男は戸惑いを浮かべた。

「博奕打ちの三五郎だな」

幸吉は訊いた。

「ああ。お前さんは……」

背の高い痩せた男は頷き、幸吉に怪訝《けげん》な眼を向けた。

「ちょいと、訊きたい事があってな……」

幸吉は、懐の十手を見せた。

「へい……」

三五郎は眉をひそめた。

「千助、音吉。案内、御苦労だったな」

勇次は、千助と音吉に笑い掛けた。

「帰って藤兵衛に伝えな。下手な真似をすれば命取りになるってな」

幸吉は笑った。

「へ、へい。でも……」

千助と音吉は、満面に困惑を浮かべた。

おそらく、貸元の藤兵衛に三五郎を呼んで来いと命じられたのだ。

「さっさと帰らないのなら、大番屋に来て貰うぜ……」

勇次は笑い掛けた。

「いえ。じゃあ……」

千助と音吉は、怯えて慌てて立ち去った。

「じゃあ、三五郎、ちょいと付き合って貰うよ……」

幸吉は、神田明神の境内に向かった。


神田明神の前には様々な露店が連なり、しゃぼん玉が七色に輝いて飛んでいた。

「さあさあ寄ったり見たり、吹いたり、評判の玉屋玉屋。扱う品はお子様方のお慰み、土産《みやげ》に一番、しゃぼん玉……」

しゃぼん玉売りの由松《よしまつ》は、口上を述べながらしゃぼん玉を吹いていた。

門前町から来た幸吉は、由松を一瞥《いちべつ》して神田明神に入って行った。

勇次と背の高い痩せた男が、幸吉に続いて行った。

由松は見送り、しゃぼん玉売りの道具を片付け始めた。

茶店の前の参道には、様々な参拝客が行き交っていた。

幸吉と勇次は、三五郎を茶店に伴った。

「で、親分、あっしに何か……」

三五郎は、幸吉に探る眼を向けた。

「ああ、三五郎、一昨日の夜、八軒屋藤兵衛の谷中の賭場を着流しの侍が荒したそうでな。そいつがお前の口利きだと云って賭場に入ったそうだが、何処の誰だ」

幸吉は尋ねた。

「親分、あっしも千助と音吉に賭場荒しの事を聞いて驚いたんですよ」

三五郎は眉をひそめた。

「そうかい。で、着流しの侍、何処の誰か心当たりはあるのか……」

「着流しの侍ねえ……」

「歳の頃は四十半ば過ぎで背丈は五尺五寸ぐらいだ」

「四十半ば過ぎで五尺五寸ぐらいですか……」

三五郎は首を捻《ひね》った。

「ああ。それに、やっとうの腕が立つ……」

「でしたら親分、そいつは練塀小路《ねりべいこうじ》の高杉《たかすぎ》の旦那かもしれません」

三五郎は告げた。

「練塀小路の高杉……」

幸吉は眉をひそめた。

「ええ。練塀小路の組屋敷に住んでいる御家人で高杉寅之助《とらのすけ》の旦那です」

「その高杉寅之助、賭場に案内した事があるんだな」

「ええ。何度か……」

三五郎は頷いた。

「よし。練塀小路に住んでいる御家人の高杉寅之助だな」

幸吉は念を押した。

「はい……」

三五郎は頷いた。

「そうか。造作を掛けたな。じゃあ……」

幸吉は、茶店の亭主に茶代を払い、勇次を従えて出て行った。

三五郎は幸吉と勇次を見送り、冷えた茶を飲み干して薄い笑みを浮かべた。

由松が物陰から見ていた。

幸吉と勇次は、明神下の通りを横切り、下谷練塀小路に向かった。

「親分、三五郎、信用出来ますかね……」

勇次は眉をひそめた。

「さあて、そいつはどうかな……」

幸吉は苦笑した。

「じゃあ……」

「心配するな。今頃は由松が張り付いている筈だ……」

「そうか、由松の兄貴か……」

勇次は笑った。


博奕打ちの三五郎は、神田明神門前町の盛り場に急いだ。

由松は追った。

三五郎は、盛り場の奥にある飲み屋『鶴や』に入った。

由松は、物陰から飲み屋『鶴や』を見守った。

僅かな刻が過ぎ、飲み屋『鶴や』から三五郎と厚化粧をした年増が出て来た。

「じゃあ、お前さん……」

「ああ。誰が聞きに来ても三五郎が何処へ行ったのかは、知らぬ存ぜぬだ。良いな」

「分っているよ。任せておきな……」

厚化粧の年増は、科《しな》を作って笑った。

「じゃあな……」

三五郎は、派手な半纏を翻《ひるがえ》して盛り場の出入口に向かった。

由松は追った。


下谷練塀小路には組屋敷が連なり、赤ん坊の泣き声が響いていた。

幸吉は、辻《つじ》に佇《たたず》んで周りの組屋敷を眺めた。

「親分。本当にいましたよ、高杉寅之助……」

勇次は、門前で幼子を遊ばせていた隠居に礼を云い、幸吉に駆け寄って来た。

「分ったか、高杉の組屋敷……」

幸吉は、勇次を迎えた。

「はい。此の先の庭に桜の木のある屋敷です」

勇次は、幸吉を誘《いざな》った。

「で、どんな奴なんだい、高杉寅之助……」

幸吉は、誘う勇次に尋ねた。

「御隠居さんの話じゃあ、何年か前に御新造《ごしんぞう》さまを病で亡くしていましてね。以来、年老いた下男と二人暮らしだそうですよ」

勇次は、幼子を遊ばせていた隠居に聞いた話を伝えた。

「年老いた下男と二人暮らしか……」

「ええ。あっ、あそこですね」

勇次は、板塀の内に桜の木のある組屋敷を示した。


幸吉は、高杉屋敷を眺めた。

高杉屋敷は静けさに覆われていた。

「よし。此処は俺が見張る。勇次は高杉寅之助がどんな奴か、聞き込んで来てくれ」

幸吉は命じた。

「承知。じゃあ……」

勇次は駆け去った。

高杉屋敷の桜の木の梢《こずえ》は、風に吹かれて騒めいた。

博奕打ちの三五郎は、下谷広小路を抜けて山下から入谷《いりや》に入った。

由松は尾行《つけ》た。

三五郎は、入谷鬼子母神《きしもじん》傍の古い長屋の前で立ち止まった。

由松は、咄嗟《とっさ》に物陰に隠れた。

三五郎は、辺りを見廻して尾行て来た者のいないのを見定めて古い長屋の木戸を潜った。

由松は、物陰を出て古い長屋の木戸に走った。

三五郎は、古い長屋の端の家に入った。

由松は見届けた。

誰の家なのだ……。

由松は、三五郎の入った家を見張った。

刻が過ぎた。

三五郎が出て来る気配はなかった。

由松は、微かな戸惑いを覚えた。

駒形町《こまがたちょう》は浅草広小路に近い蔵前通り沿いにあり、町の名の由来である駒形堂があった。

質屋『宝来屋《ほうらいや》』は、その駒形堂の裏で暖簾《のれん》を掲げていた。

「あの、此は……」

帳場に座った番頭は、三寸程の金色の狸の置物を手にし、格子の向こうにいる四十歳半ば過ぎの着流しの侍を見上げた。

「見ての通りの狸の置物だ……」

着流しの侍は告げた。

「は、はあ……」

「で、そいつを質草《しちぐさ》にして二十両、貸して貰おう」

着流しの侍は笑い掛けた。

「二十両……」

番頭は驚いた。

「ああ。二十両だ……」

着流しの侍は、笑みを浮かべて番頭を見据えた。

「お、お侍さま。此は金泥《きんでい》を塗った只の焼物で一朱にもなりません。それで二十両貸せとは……」

番頭は、慌てて三寸程の金泥を塗った狸の置物と着流しの侍を見較べた。

「番頭、此の宝来屋が高価な質草でも安く叩いて預かり、期限が来れば否応なく質流れにして、高値で売り捌《さば》く阿漕《あこぎ》な商いをしている。そいつは分っているんだぜ」

「お侍さま……」

番頭は、怯えに嗄《しやが》れた声を震わせた。

「番頭、主の惣兵衛《そうべえ》に伝えて貰おうか……」

「えっ……」

「秋山久蔵が呼んでいるってな」

「秋山久蔵さま……」

番頭は眉をひそめた。

「ああ、南町奉行所の秋山久蔵だよ……」

着流しの侍は狡猾《こうかつ》に笑った。

夕暮れ時が近付き、下谷練塀小路に物売りの声が響いた。

高杉屋敷に人の出入りはなかった。

幸吉は見張り続けた。

勇次が聞き込みを終え、幸吉の許《もと》に戻って来た。

「どうだ。何か分ったか……」

「はい。高杉寅之助、歳の頃は四十歳半ばで背丈は五尺五寸ぐらいだそうです」

勇次は告げた。

「四十歳半ばで五尺五寸……」

幸吉は眉をひそめた。

「ええ。それで、何年か前に御新造を亡くしてから、酒や博奕に現《うつつ》を抜かし、遊び歩いているそうですぜ」

「酒と博奕に現を抜かして遊び歩いているなら、金は幾らあっても足りないか……」

御家人の高杉寅之助は、久蔵の名を騙る偽者かもしれない。

「ええ。高杉寅之助、やっぱり秋山さまの偽者ですかね」

勇次は意気込んだ。

「さあ、そいつは未だ何とも云えないな……」

幸吉は苦笑した。

「そうですね。未だやっとうの腕の方も良く分らないし……」

勇次は首を捻った。

「分らないのか……」

「はい。剣術道場には子供の頃、通っていたそうですがね」

「そうか……」

「処で高杉、出て来ませんか……」

「ああ……」

幸吉は、高杉屋敷を眺めた。


大川の流れには、幾つもの船行燈《ふなあんどん》の明りが映えていた。

柳橋の船宿『笹舟《ささぶね》』は、日暮れと共に船遊びの客が訪れ始めていた。

「邪魔するよ……」

着流しの久蔵は、和馬と共に暖簾を潜って入って来た。

「これは秋山さま、和馬の旦那……」

女将《おかみ》のお糸《いと》は、帳場から出て迎えた。

「やあ、お糸。達者にしていたかい……」

久蔵は笑い掛けた。

「はい。お陰さまで……」

「平次《へいじ》も向島《むこうじま》の御隠居たちも変りはないようだな……」

「皆、息災にしております。秋山さまも……」

お糸は微笑《ほほえ》んだ。

「ああ、香織《かおり》や与平《よへい》たちも達者にしているよ」

久蔵は告げた。

「それは何よりにございます。幸吉も帰っております。さあ、どうぞお上がり下さい」

お糸は、久蔵と和馬を座敷に誘った。

「さあ、どうぞ……」

お糸は、久蔵と和馬に酌《しゃく》をした。

「すまねえな……」

「忝《かたじけな》い……」

「じゃあ、ごゆっくり……」

お糸は、久蔵と和馬、幸吉のいる座敷から出て行った。

久蔵、和馬、幸吉は酒を飲んだ。

「して、分ったのか。俺の名を騙る酔狂な野郎が何処の誰か……」

久蔵は、手酌で酒を飲んだ。

「博奕打ちを辿《たど》り、一人だけ、らしい者が浮かびました」

幸吉は告げた。

「ほう。どんな奴だ……」

久蔵は、己の名を騙る者に興味を持っていた。

「そいつが下谷練塀小路に住んでいる高杉寅之助って御家人です」

「御家人の高杉寅之助……」

久蔵は眉をひそめた。

「はい。勇次が屋敷を見張っています」

幸吉は頷いた。

「高杉寅之助、御存知ですか……」

高杉寅之助なる御家人は、久蔵に何らかの遺恨を持っており、その名を騙って悪行を働いて陥れようとしている。

和馬は読み、久蔵に尋ねた。

「さあて、高杉寅之助なんて奴は知らねえな」

久蔵は酒を飲んだ。

「柳橋の。高杉寅之助、どんな奴だ……」

和馬は訊いた。

「そいつが、あっしも未だ顔を見ちゃあいないんですが、歳の頃や背丈は賭場を荒した偽者に良く似ています。ですが……」

「どうかしたのか……」

「はい。秋山さまの偽者が高杉寅之助じゃあないかと云い出したのは、三五郎って博奕打ちなんですが、どうも今一つ……」

幸吉は眉をひそめた。

「信用出来ねえ奴なのか……」

久蔵は、幸吉の腹の内を読んだ。

「はい。張り付いている由松から繫《つな》ぎがありましてね。新八《しんぱち》を助っ人にやった処です」

「そうか。何《いず》れにしろ御家人の高杉寅之助が俺の偽者かどうか、早く見定めるのだな」

久蔵は命じた。

「心得ました」

幸吉は頷いた。

「お前さん……」

お糸が、厳しい面持ちでやって来た。

「どうした……」

幸吉は戸惑った。

「島田屋《しまだや》の旦那さまのお座敷に駒形町の質屋宝来屋の旦那さまがお見えになりましてね」

「駒形町の宝来屋の旦那……」

「駒形町の宝来屋と云えば、阿漕な商いをしているって噂の質屋だな」

和馬は、駒形町の質屋『宝来屋』の噂を知っていた。

「ええ。で、お糸、宝来屋の旦那がどうかしたのか……」

「それが、おかしな事を仰《おっしゃ》いましてね……」

お糸は眉をひそめた。

「おかしな事……」

「はい。何でも金泥の狸の置物を質草にして二十両、無理矢理に借りられたと……」

「そいつは凄い奴がいたものだな……」

和馬は苦笑した。

「はい。でも、凄いのはこれからなんですよ」

お糸は、ちらりと久蔵を見た。

「ひょっとしたらお糸、狸の置物で無理矢理二十両借りた凄い奴は、秋山久蔵じゃあないのかな……」

久蔵は苦笑した。

「はい。南町奉行所の秋山久蔵さまだそうですよ」

お糸は、久蔵を見詰めて頷いた。

「な、何だと……」

和馬は驚いた。

「お糸、今の話、間違いないのか……」

幸吉は、身を乗り出した。

「はい……」

「よし。お糸、島田屋の座敷は何処だ……」

久蔵は、笑みを浮かべて猪口《ちょこ》を置いた。

質屋『宝来屋』の主の惣兵衛は、緊張を滲《にじ》ませた。

「で、惣兵衛、三寸程の金泥を塗った狸の置物を質草にして二十両、用立てたのか……」

和馬は念を押した。

「は、はい。何と申しましても、南町奉行所の秋山久蔵さまでしたので……」

惣兵衛は、微かな怯えを過ぎらせた。

「嫌とは云えませんか……」

幸吉は尋ねた。

「え、ええ……」

惣兵衛は頷いた。

「それにしても惣兵衛。その秋山久蔵、どうして宝来屋に無理難題を吹っ掛けたのかな」

島田屋の旦那の傍にいた久蔵が訊いた。

「えっ。それは……」

「宝来屋惣兵衛の商いが阿漕だって噂、本当だからかな……」

久蔵は、惣兵衛に笑い掛けた。

「そ、そんな……」

惣兵衛は、激しく狼狽えた。

「で、二十両を用立てるのを断ると、秋山久蔵に商いを詳しく調べられて拙《まず》い事になると思ったか……」

久蔵は読んだ。

「お侍さま……」

「ま、何れにしろ、そいつは南町奉行所の秋山久蔵の名を使って脅しを掛けた訳だ」

久蔵は睨んだ。

「ええ……」

和馬と幸吉は頷いた。

「いや、邪魔をしたな。惣兵衛、もし二十両を借りた秋山久蔵を見掛けたら、南町奉行所の秋山久蔵に報《しら》せてくれ」

久蔵は告げた。

「えっ……」

惣兵衛は戸惑った。

「南町奉行所の秋山久蔵は、此の俺だけだぜ」

久蔵は苦笑した。

三

秋山久蔵の偽者は、谷中の賭場を荒したのに続いて駒形町の質屋を強請《ゆす》った。

「如何様を働く賭場と阿漕な商いをしている質屋ですか……」

和馬は眉をひそめた。

「ま、秋山久蔵と云えば秋山久蔵らしい所業かもしれないな……」

久蔵は苦笑した。

「笑い事じゃありませんよ。秋山さま……」

和馬は、久蔵を厳しく見詰めた。

「和馬の旦那の云う通りです、秋山さま。世間は賭場に阿漕な質屋ならば、秋山さまに脅されても仕方がない。良い態《ざま》だと笑うのが落ち。秋山さまの名を騙る奴の狙いは、きっとその辺りですからね……」

幸吉は読んだ。

「すまねえ。和馬や幸吉の云う通りだな」

「ええ……」

和馬は頷いた。

「よし、分った。ならば、谷中の賭場の貸元、八軒屋藤兵衛と質屋の宝来屋惣兵衛をちょいと調べてみるんだな」

「藤兵衛と惣兵衛ですか……」

「ああ。二人が何処かで繫がっていて、そいつを恨んでいる奴かもしれねえからな……」

久蔵は、藤兵衛と惣兵衛に何らかの拘わりがあるならば、己の偽者はその拘わりの中にいるのかもしれないと読んだ。

「成る程、分かりました」

和馬は頷いた。

「それにしても、秋山久蔵の名が脅しに使われるとはな……」

久蔵は、厳しさを過ぎらせた。


下谷練塀小路は、出仕の刻限も過ぎて人通りは途絶えた。

練塀小路の組屋敷の御家人は、無役の小普請組《こぶしんぐみ》の者が多く、役目に就いている者は少なかった。

勇次と雲海坊《うんかいぼう》は、高杉屋敷を見張った。

塗笠を被った着流しの侍が、練塀小路をやって来た。

「えっ……」

勇次は眉をひそめた。

「どうした……」

雲海坊は、勇次に声を掛けた。

「は、はい。あの侍……」

勇次は、緊張した面持ちでやって来る塗笠に着流しの侍を示した。

雲海坊は、塗笠に着流しの侍を見詰めた。

塗笠に着流しの侍は、物陰に潜《ひそ》んでいる勇次と雲海坊の前を抜け、高杉屋敷の前を通り過ぎた。

勇次は、微かな吐息を洩《も》らした。

塗笠に着流しの侍は、高杉屋敷の二軒先の組屋敷に入って行った。

「違ったな……」

「ええ。てっきり高杉寅之助かと思いました」

勇次は安堵《あんど》した。

「俺は最初見た時、秋山さまかと思ったよ」

雲海坊は苦笑した。

高杉屋敷から老下男が現れ、屋敷の周囲の掃除を始めた。

勇次と雲海坊は見守った。

僅かな刻が過ぎた。

高杉屋敷から中年の武士が出て来た。

「勇次……」

雲海坊は眉をひそめた。

「はい。歳の頃は四十歳半ば過ぎ、背丈は五尺五寸ぐらい。高杉寅之助ですね」

勇次は、高杉屋敷から出て来た中年の武士の見た目を読んだ。

「うん。間違いないな……」

雲海坊は頷いた。

高杉寅之助は、屋敷の周りの掃除をしていた老下男に声を掛けた。

「これは旦那さま……」

「出掛けて来る」

高杉寅之助は、練塀小路を神田川の方に向かった。

「お気を付けて……」

老下男は見送った。

「雲海坊さん……」

「ああ。追ってみよう」

勇次と雲海坊は、高杉寅之助を追った。

入谷鬼子母神傍の古長屋は、おかみさんたちの洗濯とお喋《しゃべ》りも終わり、静けさに覆われていた。

新八は、木戸の陰から見張っていた。

「新八……」

由松と幸吉がやって来た。

「親分、由松さん……」

「動きはねえようだな」

「はい……」

「此処が三五郎の本当の家か……」

幸吉は、古長屋を眺めた。

「ええ。もう、五年も住んでいるそうでしてね。神田明神の鶴やは、情婦《おんな》の家って事ですよ」

由松は苦笑した。

「博奕打ちの三五郎、やっぱり油断のならない奴だな」

幸吉は、厳しさを滲ませた。

「ええ、秋山さまの偽者の一件に拘っているのに違いありませんぜ」

由松は睨んだ。

「うん……」

幸吉は頷いた。

「親分、由松さん……」

新八が囁いた。

三五郎の家の腰高障子が開いた。

幸吉、由松、新八は、素早く身を潜めた。

三五郎が顔を出して辺りを窺い、不審な様子がないと見定めて家から出て来た。

そして、長屋を出て足早に鬼子母神に向かった。

「追います……」

新八が追った。

「よし。俺と由松は後から行く……」

幸吉と由松は、三五郎を追った新八に続いた。


神田川の流れは煌《きら》めいていた。

高杉寅之助は、神田川に架かっている和泉橋《いずみばし》を渡り、柳原通《やなぎわらどお》りに出た。

勇次と雲海坊は、追って和泉橋を渡った。

高杉は、柳原通りを神田八ツ小路に向かっていた。

勇次と雲海坊は尾行た。

神田八ツ小路に行く途中には、柳森稲荷《やなぎもりいなり》がある。

「雲海坊さん、ひょっとしたら高杉の行き先、柳森稲荷かも……」

勇次は読んだ。

「ああ……」

雲海坊は頷いた。

高杉は、柳森稲荷に入った。

雲海坊と勇次の読みは当たった。


柳森稲荷には参拝客が訪れていた。

その鳥居前の空地には、古着屋、古道具屋、七味唐辛子売りなどの露店が並び、奥に葦簀《よしず》張りの屋台の飲み屋があった。

高杉寅之助は、屋台の飲み屋の葦簀の内に入って行った。

雲海坊と勇次は見届けた。

「昼間から安酒を飲みに来たのかな……」

雲海坊は苦笑した。

「それとも、誰かと落ち合うつもりなのかもしれません」

勇次は読んだ。

「よし。見張るか……」

「はい……」

勇次と雲海坊は、葦簀張りの飲み屋で安酒を飲み始めた高杉を見張り始めた。


入谷から山下に進むと、不忍池と下谷広小路に出る道と、御徒町《おかちまち》の組屋敷街に続く道がある。

博奕打ちの三五郎は、下谷広小路に出る道に進んだ。

新八は追い、幸吉と由松が続いた。


下谷広小路は、東叡山寛永寺の参拝客や不忍池の見物客で賑わっていた。

三五郎は、下谷広小路の傍の上野北大門町の裏通りに進んだ。

新八は追った。

三五郎は、裏通りを進んで古い一膳飯屋に入った。

新八は見届けた。

「此処に入ったのか……」

幸吉と由松がやって来た。

「はい。遅い朝飯ですかね」

新八は眉をひそめた。

「それとも、誰かと待ち合わせているかだ」

由松は読んだ。

「うん。由松、ちょいと覗いて来てくれ」

幸吉は命じた。

「承知……」

由松は頷き、軽い足取りで一膳飯屋に入って行った。

幸吉と新八は見送った。

一膳飯屋の裏手から前掛けをした小女《こおんな》が現れ、御徒町の方に駆け出して行った。

「邪魔するよ……」

由松は、一膳飯屋の暖簾を潜った。

狭い店内に、客は三五郎しかいなかった。

「いらっしゃい……」

老亭主が迎えた。

「おう。父っつあん、浅蜊《あさり》のぶっかけ出来るかな……」

「ああ……」

「じゃあ、そいつを頼むぜ……」

「へい……」

老亭主は返事をし、三五郎に丼飯と汁、煮付けなどを運んだ。

「おう。待ち兼ねたぜ……」

三五郎は、嬉しげに飯を食べ始めた。

由松は、戸惑いを覚えた。

新八の睨み通り、遅い朝飯なのか……。

由松は、飯を食べる三五郎を見守った。

和馬は、駒形町の自身番を訪れた。

「宝来屋の惣兵衛さんですか……」

自身番の家主は、戸惑いを浮かべた。

「ああ。いつから暖簾を掲げているのかな」

和馬は、質屋『宝来屋』惣兵衛の過去を洗い始めた。

「それなら十年程前ですか……」

「十年程前……」

「ええ。元々あそこには質屋があったんですが、旦那が急な病で亡くなり、店を閉めたんですよ。それを惣兵衛さんが居抜きで買い取り、宝来屋の暖簾を掲げましてね……」

家主は、惣兵衛が『宝来屋』を開いた経緯《いきさつ》を覚えていた。

「ならば惣兵衛、それ迄は何をしていたのだ」

和馬は尋ねた。

「それが良く分らないのですが、古道具でも扱っていたのかもしれません」

「古道具……」

和馬は眉をひそめた。

「ええ。古美術品に関しては、それなりの目利きだと、誰かが云っていましたからねえ」

「はい。ま、十年前とは云え、あの店を買い取ったんですから、お金はあったんでしょうねえ」

家主は感心した。

「うむ。そして、質草を安く叩いて金を貸して流し、高値で売り捌いているって噂はどうなんだ……」

和馬は、家主を見詰めた。

「それなんですよね……」

家主は眉をひそめた。

「噂は本当なのか……」

「ええ。尤《もっと》も高値で売り捌けるような値打ちのある質草は滅多になく、時々だったそうですが、家代々の家宝や親の形見の品を質入れして流され、高値で売り捌かれたって苦情は時々ありましてね。質草を流されて売り捌かれた客はたまったものじゃありません。惣兵衛さんもその辺の処を慎まないと、恨みを買って危ない目に遭いますよ」

家主は、腹立たしげに心配した。

「目利きか……」

「危ない目か……」

「ええ……」

「処で惣兵衛、酒や博奕、女の方はどうなのかな……」

和馬は尋ねた。

「女はお内儀《かみ》さんがいるから良く分りませんが、時々博奕打ちのような男と出掛けていますよ……」

家主は苦笑した。

「その博奕打ちのような男、何処の誰か分るかな……」

もしも、博奕打ちのような男が三五郎なら、惣兵衛と貸元八軒屋藤兵衛の何らかの拘わりが浮かぶかもしれない。

和馬は期待した。

「さあ、そこ迄は……」

家主は首を捻った。

「そうか、分らないか……」

「はい。処で神崎さま、惣兵衛さん、どうかしたのですか……」

家主は、訊いて来た。

「う、うん。死んだ母親の形見の簪《かんざし》を質草にして金を借りたら、期限前に流されたって苦情があってな……」

和馬は、それらしい苦情をでっち上げた。

柳森稲荷前の葦簀張りの飲み屋は、仕事を終えた人足や遊び人、食詰め浪人などが安酒を飲んでいた。

御家人の高杉寅之助は、葦簀内の縁台の端に腰掛けて酒を飲んでいた。

雲海坊と勇次は、鳥居の陰から見張った。

「安酒を飲みに来ただけですかね……」

勇次は焦れた。

「いや。そうでもないかもな……」

雲海坊は眉をひそめた。

高杉は、安酒を飲み干して縁台から立ち上がり、葦簀の陰を出た。

雲海坊と勇次は、鳥居の陰に隠れた。

高杉は、柳森稲荷を出て柳原通りを神田八ツ小路に向かった。

雲海坊と勇次は追った。

由松は、浅蜊のぶっかけ丼を食べ終え、三五郎を窺った。

三五郎は、既に飯を食べ終えて茶を啜っていた。

そろそろ出る……。

由松は見定め、先に出る事にした。

「父っつあん、勘定だ」

由松は、板場にいる老亭主に声を掛けた。

「おう……」

老亭主は、板場から店に出て来た。

由松は、老亭主に金を払って一膳飯屋を後にした。

「只今、戻りました……」

前掛けをした小女が、板場の戸口から入って来た。

「おう。ちゃんと渡してくれたかい……」

三五郎は、板場にいる小女に声を掛けた。

「はい。それで、分ったって……」

小女は、店に出て来て告げた。

「そうかい。御苦労だったね……」

三五郎は、笑顔で小女に小粒を握らせた。

「そうか、三五郎の奴、一人で飯を食っていたか……」

幸吉は眉をひそめた。

「ええ。新八の睨み通り只の遅い朝飯だったのかもしれません。何れにしろ、もう直《じき》、出て来ますよ」

由松の読みの通り、一膳飯屋から三五郎が出て来た。

幸吉、由松、新八は見守った。

三五郎は、上野北大門町から下谷広小路に向かった。

「よし、追うよ……」

幸吉は、由松や新八と三五郎を追った。


古美術商『真美堂《しんびどう》』は、室町《むろまち》一丁目に店を構えている老舗《しにせ》だった。

店内には、茶碗や棗《なつめ》などの茶道具や仏像や置物などの彫物が飾られていた。

和馬は、店の座敷に通された。

「手前は番頭の彦六《ひころく》にございます」

老番頭の彦六は、皺だらけの老顔を引き締めて名乗った。

「彦六か、私は南町奉行所の神崎和馬だ。此の真美堂、江戸でも一、二を争う老舗。江戸の古美術商や古道具屋、目利きたちについて知らぬ事はないと聞いて来た」

和馬は笑い掛けた。

「まあ。それはそうですが……」

彦六は、小さな白髪髷《しらがまげ》を満足そうに揺らして頷いた。

「そうか、やはりな……」

和馬は笑った。

「それで神崎さま。御用とは……」

「うむ。浅草駒形町で宝来屋と云う質屋を営む惣兵衛と云う者を知っているかな」

「質屋の惣兵衛……」

彦六は白髪眉をひそめた。

「うむ。十年程前迄は古道具を扱っていたかもしれない質屋でな。此と云った質草を安く叩いて金を貸し、期限が来ればさっさと流し、高値で売り捌く……」

「ああ。その惣兵衛ですか……」

「知っているか……」

和馬は膝を進めた。

「はい。大昔、お店に出入りしていましてね」

「出入りしていた。真美堂にか……」

「はい。ま、出入りしていたと云っても、盗品や紛《まが》い物を持ち込むような奴でしてね。直ぐに出入り禁止にしましたよ」

彦六は、腹立たしげに告げた。

「そうか。惣兵衛、盗品や紛い物を持ち込んでいたか……」

惣兵衛は、盗品や紛い物で金を稼いで駒形町の質屋を居抜きで買ったのだ。

和馬は気が付いた。

「ええ。此の真美堂を故買《こばい》屋扱いして、性根の腐った陸《ろく》でなしですよ」

「番頭、その性根の腐った陸でなし、その頃、どんな奴と連《つる》んでいたのかな」

「そりゃあ、遊び人や博奕打ち、盗っ人もいたのかもしれません」

「遊び人に博奕打ち、それに盗っ人か……」

「はい……」

「博奕打ちの中に藤兵衛って名の野郎は、いなかったかな……」

和馬は訊いた。

「さあ、そこ迄は……」

彦六は首を捻った。

「そうか、分らぬか……」

だが、質屋『宝来屋』惣兵衛と博奕打ちの貸元藤兵衛には、何らかの拘わりがあっても不思議のない事は分った。

となると、秋山久蔵の偽者が藤兵衛の賭場と惣兵衛の質屋を狙ったのは、阿漕な真似をしていると云うだけではなく、他にも理由があるからなのかもしれない。

他の理由とはなんだ……。

和馬は読んだ。

四

神田明神門前町の盛り場の奥にある飲み屋は、仕込や掃除など開店の仕度に忙しかった。

高杉寅之助は、盛り場の奥に進んだ。

雲海坊と勇次は、高杉を追った。

「雲海坊さん、野郎……」

勇次は、高杉の行き先を読んだ。

「確か博奕打ちの三五郎の情婦の飲み屋。此の先だったな」

雲海坊は頷いた。

「ええ。何しに行くのか……」

勇次は眉をひそめた。

「そいつだな……」

雲海坊は、勇次と共に盛り場を行く高杉寅之助を追った。


飲み屋『鶴や』は、腰高障子を開けて掃除をしていた。

高杉寅之助は、飲み屋『鶴や』の手前で立ち止まった。

雲海坊と勇次は、物陰から見守った。

厚化粧の年増が、飲み屋『鶴や』から出て来て高杉に気が付いた。

「三五郎はいるか……」

高杉は、年増を見据えた。

「いませんよ……」

年増は、再び掃除を始めた。

「惚けるな。三五郎は何処だ……」

高杉は、年増の腕を摑んだ。

「知りませんよ。昨日出て行ったままですよ。私は何も知りません」

年増は、高杉の手を外そうと身を捩《よじ》って抗《あらが》った。

「おのれ……」

高杉は、年増を突き飛ばした。

年増は、悲鳴を上げて倒れた。

「云え、三五郎は何処にいる……」

高杉は、年増を蹴飛ばした。

年増は、頭を抱えて悲鳴を上げた。

「おのれ、云わぬか……」

高杉は、年増の襟元を鷲摑みにして拳を振り上げた。

刹那、背後から鉤縄《かぎなわ》が飛来して高杉の振り上げた拳に絡み付いた。

高杉は怯んだ。

勇次が鉤縄を引いた。

高杉はよろめき、仰向けに倒れた。

雲海坊が駆け寄り、倒れた高杉を容赦なく錫杖《しゃくじょう》で叩きのめした。

高杉は、武士とは思えぬ程の呆気なさで崩れ、気を失った。

「勇次……」

雲海坊は、気を失っている高杉を呆れたように見詰めた。

「ええ。高杉寅之助、秋山さまの名を騙る偽者じゃありませんね」

勇次は見定めた。

「ああ……」

雲海坊は苦笑した。


神田連雀町《れんじゃくちょう》は八ツ小路の近くだ。

博奕打ちの三五郎は、板塀に囲まれた一軒の家の前に立った。

幸吉、由松、新八は、物陰から見守った。

「誰の家かな……」

幸吉は眉をひそめた。

「木戸門に本道医桂井道庵《かつらいどうあん》って看板が掛かっていますよ」

新八は、眼を細めて木戸門に掛けられている古い看板を読んだ。

「町医者か……」

「ええ……」

新八は頷いた。

三五郎は、本道医桂井道庵の板塀に囲まれた家を見廻した。

「何だか、値踏みしているって感じですね」

由松は眉をひそめた。

「じゃあ何か、三五郎が町医者の桂井道庵に何か仕掛けるってのか……」

幸吉は読んだ。

「さあ。仕掛けるのが、三五郎かどうかは分かりませんが……」

「ひょっとしたら、秋山さまの偽者か……」

幸吉は、緊張を滲ませた。

「ええ。もしそうだとしたら、どんな脅しを掛けるのか……」

由松は、小さな笑みを浮べた。

女中に付き添われた隠居が、桂井道庵の家にやって来た。

三五郎は、桂井道庵の家の前から素早く離れた。そして、神田八ツ小路に向かった。

「由松、後を追いな。俺と新八は、桂井道庵がどんな町医者か調べる」

幸吉は手配りをした。

「承知……」

由松は、三五郎を追った。

「じゃあ新八……」

「はい……」

幸吉と新八は、聞き込みに散った。


夕暮れ時が近付いた。

神田八ツ小路を行き交う人々は、足取りを速めた。

博奕打ちの三五郎は、神田川に架かっている昌平橋《しょうへいばし》を渡った。

由松は尾行た。

三五郎は、神田明神鳥居前の暖簾を出したばかりの小料理屋に入った。

由松は見届けた。

小料理屋の暖簾は微風に揺れた。


幸吉と新八は、手分けして町医者の桂井道庵について聞き込みを掛けた。

町医者の桂井道庵は、本道医としての腕はまあまあだが、評判は良くなかった。

金のある患者だけを診て、高額な薬代を取っているのだ。そして、たとえ傍で死に掛けていても貧乏人なら決して診ない町医者と云う評判だった。

評判が悪すぎる……。

幸吉は呆れた。

如何様をする賭場、阿漕な商いをする質屋、そして貧乏人を見殺しにする町医者……。

秋山久蔵の偽者が狙う三人目は、町医者の桂井道庵なのかもしれない。

幸吉は読んだ。

そして、新八が聞き込んで来た桂井道庵の評判も殆《ほとん》ど同じだった。

博奕打ちの三五郎は、その下調べをしているのだ。

幸吉は睨んだ。

「新八、俺は秋山さまの処に行って来る。桂井道庵を見張っていろ」

「合点です……」

新八は、喉を鳴らして頷いた。

幸吉は、数寄屋橋御門内の南町奉行所に急いだ。


「じゃあ何か、御家人の高杉寅之助は、博奕打ちの三五郎に金を騙し取られた事があり、それを恨んで命を狙っていたと云うのか……」

久蔵は、濡れ縁に腰掛け、庭先にいる雲海坊と勇次の報告を受けた。

「はい。三五郎の奴、それで高杉寅之助さんを秋山さまの偽者だと匂わせたのかと……」

勇次は頷いた。

「じゃあ三五郎、邪魔な高杉寅之助を俺たちに片付けさせようとしたのかい……」

久蔵は苦笑した。

「高杉寅之助さんと三五郎の情婦の話じゃあそんな処ですか……」

雲海坊は頷いた。

「嘗《な》めた真似を……」

廊下に控えていた和馬は吐き棄てた。

「って事は、三五郎の野郎、俺の名を騙る者を知っているな……」

久蔵は読んだ。

「きっと……」

雲海坊と勇次は頷いた。

「して、和馬……」

「はい……」

「博奕打ちの貸元藤兵衛と質屋の惣兵衛、若い頃に連んでいたかもしれねえんだな」

「はい。確かな証拠はありませんが……」

「連んでいた奴、他にはいないのかな……」

久蔵は眉をひそめた。

「もし、連んでいた者が他にいたら、秋山さまの偽者、次はそいつの処に現れますか……」

和馬は読んだ。

「ああ、きっとな……」

久蔵は頷いた。

「秋山さま……」

小者が庭先に入って来た。

「何だ……」

「柳橋の幸吉親分が……」

小者は報せた。

「おう。通しな……」

「はい……」

小者が退《さが》り、幸吉が入って来た。

「どうした……」

久蔵は、幸吉を迎えた。

「はい。博奕打ちの三五郎、妙な動きをしていましてね。ひょっとしたら、秋山さまの名を騙る偽者が現れるかもしれません」

幸吉は告げた。

「ほう。そいつは面白いな」

久蔵は、冷笑を浮べた。

「柳橋の。秋山さまの偽者、何処に現れると云うのだ」

和馬は尋ねた。

「神田連雀町に住む桂井道庵と云う町医者の処です」

「町医者の桂井道庵……」

和馬は眉をひそめた。

「ええ……」

「柳橋の。その桂井道庵の評判、藤兵衛や惣兵衛に負けず劣らず悪いのか……」

久蔵は尋ねた。

「そりゃあもう……」

幸吉は、苦笑を浮べて頷いた。

「よし。此で秋山久蔵の名を騙る酔狂な野郎に逢えるのかもしれねえな……」

久蔵は、楽しげに笑った。

神田明神は、夜の静寂に覆われていた。
鳥居前の小料理屋は明りを灯し、夜風に暖簾を揺らしていた。
三五郎は、小料理屋に入ったままだった。
由松は見守った。
神田川沿いの道を人影がやって来た。
由松は透かし見た。
人影は、塗笠を被った着流しの侍だった。
ひょっとしたら……。
由松は緊張した。
塗笠を被った着流しの侍は、神田明神鳥居前の小料理屋に入って行った。
由松は見届けた。
刻が過ぎ、戌《いぬ》の刻五つ（午後八時）を告げる東叡山寛永寺の鐘の音が聞こえた。
小料理屋の戸が開いた。
由松は物陰に身を潜めた。
博奕打ちの三五郎が、塗笠を被った着流しの侍と一緒に出て来た。
動く……。

由松は、三五郎と塗笠に着流しの侍を見守った。

三五郎と塗笠に着流しの侍は、小料理屋を出て神田川に架かっている昌平橋を渡った。

行き先は町医者桂井道庵の家か……。

由松は読み、二人を追った。

神田川には船の櫓《ろ》の軋《きし》みが響いた。

町医者桂井道庵の家は、廻された板塀の木戸門に軒行燈が灯されていた。

三五郎と塗笠に着流しの侍は、桂井道庵の家の前に立ち止まった。

「じゃあ旦那……」

三五郎は、狡猾な笑みを浮べた。

「うむ……」

塗笠に着流しの侍は頷いた。

三五郎は、桂井道庵の家の木戸門を叩いた。

「お願いにございます。道庵先生、お願いにございます……」

三五郎は、桂井道庵の家に向かって叫んだ。

手燭《てしょく》を持った医生が、桂井道庵の家から出て来て木戸門を開けた。

「どうしました……」

「此方《こちら》のお侍さまが、道庵先生に診て戴きたいと仰いましてね。夜分の診察、お礼はそれ相応に……」

三五郎は、医生に笑い掛けた。

「そうですか。では、お入り下さい」

医生は告げた。

「申し訳ありませんね。じゃあ旦那……」

三五郎は、塗笠に着流しの侍と道庵の家に入って行った。

由松は、物陰から現れて辺りを見廻した。

「由松さん……」

新八が、勇次や雲海坊と一緒に暗がりから出て来た。

「勇次、雲海坊の兄い……」

由松は、雲海坊、勇次、新八の許に駆け寄った。

「由松、今の着流しが秋山さまの偽者か……」

雲海坊は眉をひそめた。

「ええ。きっと……」

「野郎。高杉寅之助の二軒向こうの組屋敷に住んでいる御家人だ」

雲海坊は気が付いた。


「お待たせ致した……」

町医者桂井道庵は、固い面持ちで診察室に入って来た。

「これは道庵先生にございますか……」

三五郎は、嘲《あざけ》りを含んだ笑みを浮べた。

「うむ。身体の何処が悪いのかな……」

「道庵先生、その昔、私の知り合いの御新造が病になり、世話になってな……」

着流しの侍は、塗笠を外した。

「左様ですか。それで……」

「途中で見棄てられ、病も治らずに死んだ」

「えっ……」

道庵は、戸惑いを浮かべた。

「貧乏御家人の知り合いが高い薬代を払えぬと侮《あなど》り、おぬしは病の御新造を見棄てた……」

着流しの侍は、道庵を鋭く見据えた。

「知らぬ。儂《わし》は知らぬ。それに、そんな事は医者に良くある話だ……」

道庵は、嗄れ声を引き攣《つ》らせた。

「黙れ……」

着流しの侍は、道庵を見据えて刀の柄《つか》を握った。

「な、何をする……」

道庵は、恐怖に衝き上げられた。

「見棄てられて死んだ知り合いの御新造の供養料を戴く……」

着流しの侍は告げた。

「く、供養料……」

道庵は眉をひそめた。

「左様、供養料だ……」

着流しの侍は、薄笑いを浮べて頷いた。

「お、お侍は、何処の何方《どなた》で……」

「俺か、俺は南町奉行所の秋山久蔵だ……」

着流しの侍は名乗った。

「南の御番所《ごばんしょ》の秋山久蔵さま……」

道庵は驚いた。

「それ故、騒ぎ立てても無駄だ……」

秋山久蔵と名乗った着流しの侍は、冷ややかに笑った。

「そうか。お前が秋山久蔵の名を騙る偽者かい……」

次の間から久蔵が現れた。

着流しの偽久蔵は、咄嗟に身構えた。

待合室の板戸が開き、和馬と幸吉が姿を見せた。

三五郎は怯んだ。

「おぬし、まさか……」

偽久蔵は、久蔵を見詰めた。

「俺か、俺はそのまさかの秋山久蔵だよ」

久蔵は苦笑した。

次の瞬間、偽久蔵は障子と雨戸を蹴破って庭に逃げた。

三五郎が続こうとした。

和馬は、三五郎に飛び掛かって十手で殴り飛ばした。
三五郎は、悲鳴を上げて倒れた。
幸吉が押さえ付け、素早く捕り縄を打った。

偽久蔵は、道庵の家の庭から木戸門に逃げて外に出た。
雲海坊、由松、勇次、新八が現れ、素早く取り囲んだ。
偽久蔵は怯んだ。
久蔵が追って現れた。
偽久蔵は、厳しい面持ちで久蔵に対した。
「お前、確か下谷練塀小路の御家人黒木《くろき》宗一郎《そういちろう》だな……」
久蔵は眉をひそめた。
刹那、黒木宗一郎と呼ばれた偽久蔵は、久蔵に斬り付けた。
久蔵は踏み込み、抜き打ちの一刀を放った。
閃光が交錯した。
久蔵と黒木は、擦れ違ったまま残心《ざんしん》の構えを取った。
和馬、幸吉、雲海坊、由松、勇次、新八は息を詰めて見守った。

刀の鋒から血の雫が落ちて散った。

黒木は、脇腹を血に染め、両膝をついて前のめりに倒れた。

久蔵は、残心の構えを解いて刀に拭いを掛けた。

「和馬、急所は外した」

和馬は、倒れた黒木の様子を診た。

「はい。息はあります」

「よし。道庵に手当てさせろ」

久蔵は命じた。

「みんな……」

幸吉は、由松、勇次、新八と黒木宗一郎を道庵の家に担ぎ込んだ。

「秋山さまの偽者、知り合いでしたか……」

和馬は、担ぎ込まれて行く黒木を見送った。

「ああ。餓鬼の頃、学問所や剣術道場で一緒だった黒木宗一郎だ。奴が俺の名を騙った酔狂な奴だったとはな……」

久蔵は眉をひそめた。

秋山久蔵の名を騙った御家人黒木宗一郎は、皮肉にも強請《ゆすり》を掛けた町医者桂井道庵の手当てで一命を取り留めた。しかし、一切の薬や食べ物を拒否して死んでいった。

その死に顔には、微かな笑みが浮かんでいた。

秋山久蔵の偽者は滅んだ。

黒木宗一郎は、何故に秋山久蔵の名を騙ったのか……。

謎は残った。

学問所や剣術道場で一緒だった頃、恨みを買うような真似をしたのか……。

久蔵は、昔を振り返った。しかし、黒木宗一郎とは余り付き合いもなく、思い当たる事はなかった。

久蔵は、博奕打ちの三五郎を大番屋の詮議場に引き据えた。

「三五郎、黒木宗一郎は俺に恨みを抱き、俺の名を騙ったのか……」

「いいえ。黒木の旦那は、秋山さまを恨んでなんかおりません。寧《むし》ろ羨ましく思っていたぐらいです」

「羨ましく思っていた……」

久蔵は眉をひそめた。

「はい。誰にも媚び諂《へつら》わず、誰とでも拘《こだわ》りなく付き合える秋山さまを……」

三五郎は小さく笑った。

「そうか……」

久蔵は、友人たちと楽しく過ごす自分を遠くから見ている黒木宗一郎を思い出した。

だからと云って、他人の名を騙って強請を働くのは許せる所業ではない。

久蔵は、御家人黒木宗一郎が強請を働いて死んでいった事実を目付《めつけ》の榊原蔵人《さかきばらくらんど》に報せた。そして、博奕打ちの三五郎を遠島の刑に処した。

偽秋山久蔵の強請騒ぎは落着した。

久蔵は、己の名を騙り、強請を働いて死んでいった黒木宗一郎に哀れみを覚えた。

第二話

家の恥

一

朝。

漂っていた朝靄《あさもや》は消え、昇る朝陽は不忍池の水面を煌めかせた。

不忍池の畔では、近在の者たちが朝の散歩を楽しみ始めた。

女の甲高い悲鳴が上がり、犬の吠える声が煩く響き渡った。

不忍池の岸辺には、散歩の途中の隠居と付き添いの女中が腰を抜かし、不忍池を見詰めて震えていた。

不忍池には、袴《はかま》を着けた侍の死体が浮いていた。

「お気を付けて……」

百合江《ゆりえ》は、出掛ける夫の南町奉行所定町廻り同心の神崎和馬を見送りに玄関を出た。

玄関先には勇次が待っていた。

「お待たせしました、勇次さん。じゃあ、宜しくお願い致します」

百合江は、勇次に深々と頭を下げた。

「はい。では、失礼します」

勇次は、百合江に挨拶をし、和馬と一緒に八丁堀北島町の組屋敷を出た。

百合江は、深々と頭を下げて和馬と勇次を見送った。


「相変わらず、丁寧な御新造さまですね」

勇次は感心した。

「そうか。ま、生れが良いからな。で、仏さんは侍なのか……」

和馬は苦笑した。

「はい。歳の頃は三十歳前後ですか、袴を着けていて刀を差していました」

「そうか。で、身許《みもと》は分かったのか……」

「あっしが来る時は未だでしたが、きっと今頃は……」

「そうか……」

和馬と勇次は、言葉を交わしながら不忍池に急いだ。


不忍池の畔の一隅には、岡っ引の柳橋の幸吉と茅町《かやちょう》の自身番の者や木戸番が集まっていた。

岸辺には、死体が引き上げられて筵《むしろ》を被せられていた。

「やあ、御苦労さんだな……」

和馬が勇次と共にやって来た。

「お早うございます」

幸吉、茅町の自身番の者たち、木戸番は和馬を迎えた。

「で、柳橋の。仏さんかい……」

和馬は、筵の掛けられている死体を示した。

「はい……」

幸吉は、死体に掛けられていた筵を捲《めく》った。

侍の死体が現れた。

「歳の頃は三十歳前後か……」

和馬は見定めた。

「はい。御武家で背中を何カ所か斬られています」

幸吉は報せた。

「背中だと……」

「はい。おそらくその中の一つが命取りになったんでしょう」

幸吉は、和馬に死体の背中を見せた。

不忍池の水に浸かっていた死体の背中には、幾つもの刀傷があった。

「酷いな……」

「ええ……」

「で、刀は……」

和馬は、死体の傍の刀を見た。

「抜かれないままでしたぜ」

「抜かれないままか。で、正面から斬られた傷は……」

「ありません」

「ない。ないって一つもか……」

和馬は眉をひそめた。

「はい……」

幸吉は頷いた。

「じゃあ何か、仏さん、前から斬られ、背中を向けて逃げた処を斬られたのじゃあないのか……」

「ええ。傷はすべて背中です……」

幸吉は苦笑した。

「じゃあ、仏さん、刀も抜かず、最初から背中を向けて逃げて斬られ続けたのか……」

和馬は、困惑を浮かべた。

「きっと……」

「刀を抜かず逃げ廻ったか……」

和馬は、憮然とした面持ちになった。

「で、一朱銀が一枚と文銭が何枚か入った財布が残されていましたよ」

「物盗りじゃあないか……」

和馬は読んだ。

「ええ。辻斬りか喧嘩って処ですかね」

「して、身許は分かったのか……」

「はい。明神下の旗本葉山《はやま》さまの部屋住みの孝次郎《こうじろう》さま。今、自身番の店番が報せに行っています。もう直、屋敷の人が来る筈です」

「旗本の部屋住みの葉山孝次郎か……」

和馬は呟《つぶや》いた。

「和馬の旦那、親分……」

勇次が一方を示した。

二人の男が小走りにやって来た。

「茅町の自身番の店番です……」

幸吉は告げた。

「じゃあ、もう一人の年寄りは葉山屋敷の奉公人かな……」

和馬は、茅町の自身番の店番と一緒に来る下男風の年寄りを眺めた。

「此はお役人さま、柳橋の親分……」

茅町の自身番の店番は、和馬と幸吉に挨拶をした。

「此方は……」

幸吉は眉をひそめた。

「葉山屋敷の下男の善七《ぜんしち》さんです」

茅町の自身番の店番は、和馬と幸吉に善七を引き合わせた。

老下男の善七は、怯えたような面持ちで和馬と幸吉に挨拶をした。

部屋住みとは云え主の一族だ。何故、家の者か家来が来ないのだ。

幸吉は、腑に落ちないものを感じた。

「どうした、柳橋の……」

和馬は苦笑した。

「いえ。勇次……」

幸吉は、勇次に死体の顔を見て貰えと目配せをした。

「はい……」

勇次は、死体に掛けられた筵を捲った。

「こ、孝次郎さま……」

善七は、皺だらけの顔を激しく歪め、呆然と死体の顔を見詰めた。

「葉山孝次郎さんに間違いないか……」

和馬は尋ねた。

「はい。孝次郎さまに間違いございません」

善七は頷いた。

「和馬の旦那……」

「うむ……」

和馬と幸吉たちは、死体を旗本の部屋住み葉山孝次郎と見定めた。

「孝次郎さま……」

善七は、葉山孝次郎の遺体に縋《すが》って泣き出した。

「じゃあ、仏さんを葉山屋敷に運んでやるが良い……」

和馬は、茅町の自身番の家主や店番たちに命じた。


柳橋の船宿『笹舟』は、暖簾を川風に揺らしていた。

和馬と幸吉は、葉山孝次郎が何者かと揉めて殺されたと睨み、不忍池周辺に足取りと目撃者を捜す事にした。

勇次と清吉《せいきち》、由松と新八は、不忍池周辺の盛り場に走った。

「神崎さま……」

茅町の自身番の店番が、困惑した面持ちで船宿『笹舟』にやって来た。

「どうした……」

和馬は、怪訝な面持ちで迎えた。

「はい。殺された葉山孝次郎さまの御遺体を明神下の葉山さまの御屋敷に運んだのですが、御遺体は引き取らないと仰いましてね」

店番は、困惑を露《あら》わにした。

「仏さんを引き取らないだと……」

和馬は、思わず聞き返した。

「はい……」

「和馬の旦那……」

幸吉は眉をひそめた。

「うん。で、何故、引き取らないんだ」

「それが、葉山家の御用人さまは、孝次郎さまは半年前に勘当され、既に葉山家と拘わりない者。それ故、引き取らないと……」

店番は、吐息混じりに告げた。

「ほう。半年前に勘当されていたのか……」

和馬は、死体の確認に家族や家来が来なかった理由を知った。

「はい……」

店番は頷いた。

「柳橋の。そう云う訳だ……」

和馬は苦笑した。

「はい。それで、奉公人の善七さんが来ましたか……」

幸吉は納得した。

「ああ。おそらく葉山家の者の中では、下男の善七が孝次郎と一番親しかったんだろうな」

和馬は睨んだ。

葉山家は、孝次郎の長兄の兵庫《ひょうご》が当主の二千石取りの旗本だった。

部屋住みの孝次郎は、既に兄で当主の兵庫に嫡男のいる葉山家では厄介叔父でしかなかった。

〝厄介叔父〟とは、当主の血筋が途絶えた時の為の部屋住みが、役目がなくなってからも屋敷にいる者を蔑《さげす》んだ呼び名だ。

「それにしても勘当とは……」

幸吉は首を捻った。

「うむ。そうなると、孝次郎の遺体、無縁仏として葬るしかないか……」

「それが神崎さま。葉山孝次郎さまの御遺体を引き取りたいと申す者が来まして……」

店番は、身を乗り出して告げた。

「ほう。孝次郎の死体を引き取りたいと……」

「はい……」

「和馬の旦那……」

「うん。そいつは何処の誰だ……」

「はい。千駄木《せんだぎ》に住んでいるおさきさんと云う女です……」

「おさき……」

和馬は眉をひそめた。

「はい……」

「葉山孝次郎と拘わりがあるのか……」

「はい。おさきさんは半年前迄は葉山屋敷に奉公していまして、今は孝次郎さまと一緒に暮らしていたそうです」

店番は告げた。

「何だと……」

葉山孝次郎には女がいた……。

和馬は驚いた。


葉山孝次郎の遺体は、千駄木団子坂《だんござか》で古い小さな茶店を営んでいるおさきと云う女に引き取られた。

おさきは、孝次郎の遺体を安置し、香を焚《た》き、近くの寺の坊主に経をあげて貰い、ささやかな弔《とむら》いをした。

和馬と幸吉は弔いに加わった。

弔いには近所の者も数人訪れ、簡素でささやかながらも情のあるものだった。

おさきは、喪主として気丈に振る舞い、孝次郎の遺体を近くの寺の墓地に埋葬して弔いを終えた。

陽は西に大きく傾き、千駄木団子坂の傍の古い小さな茶店を照らした。

「本日はありがとうございました。どうぞ……」

おさきは、和馬と幸吉に茶を差し出した。

「戴く……」

和馬と幸吉は茶を飲んだ。

「いろいろ御苦労でしたね」

幸吉は笑い掛けた。

「いいえ。お陰さまで無事にお弔いをあげられました。ありがとうございました」

「いいえ。此の茶店もおさきさんが……」

「はい。此の茶店は両親が営んでいましてね。亡くなってから、私は葉山さまの御屋敷に奉公したのですが……」

「半年前に宿下《やどさが》りして再び此の店を開けたのですか……」

「はい。孝次郎さまも手伝ってくれて……」

おさきは、小さな笑みを浮かべた。

「処でおさき、お前さんが葉山家から宿下りをした半年前、孝次郎は葉山家を勘当されているのだが、何故か分かるかな……」

和馬は、湯呑茶碗を置いた。

「私の所為《せい》です……」

おさきは、和馬を見詰めた。

「おさきの所為……」

和馬は眉をひそめた。

「はい。孝次郎さまが私を嫁に迎えたいとお殿さまに申し出て……」

「ほう。孝次郎がおさきを……」

「はい。孝次郎さまと私は一年程前から……」

おさきは、微かな恥じらいを過ぎらせた。

「孝次郎さまとおさきさん、惚れ合っていましたかい……」

幸吉は微笑んだ。

「は、はい……」

おさきは頷いた。

「で、葉山家の殿さま、孝次郎の兄上の兵庫さまは……」

和馬は尋ねた。

「ならぬと……」

「ならぬ……」

「はい。如何《いか》に部屋住みでも、葉山家の者が奉公人を嫁にするなど以《もっ》ての外《ほか》、葉山家の恥辱、家の恥だと……」

「家の恥……」

「はい。ですが、孝次郎さまはどうしても私を嫁にすると……」

「それで、殿さまの兵庫さまは怒り、孝次郎を勘当したか……」

「はい。私の所為です。私が黙って身を引けば良かったのです」

おさきは、微かに身を震わせて一滴の涙を零《こぼ》した。

和馬と幸吉は、おさきの涙を初めて見た。

「おさき、そいつはあるまい。お前さんが黙って身を引いたら、孝次郎は捜し廻るのに決まっている」

和馬は苦笑した。

「神崎さま……」

おさきは、溢《あふ》れる涙を前掛けで拭った。

「で、おさき、孝次郎は昨日何処に行ったのか分かっているのか……」

「いいえ……」

おさきは、首を横に振った。

「では、孝次郎が何をしていたのかは……」

「分かりません……」

「おさき……」

「本当です。私は何も知りません。でも、私は必ず孝次郎さまを殺した奴を見付け出して仇《かたき》を取ります」

おさきは、一筋の涙を流しながら云い放った。

「おさき、何か知っていますね……」

幸吉は睨んだ。

「ああ。孝次郎が何をしていたのか、そして昨夜、何処に行ったのかをな……」

和馬は読んだ。

「ええ……」

「柳橋の。おさきから眼を離すな」

和馬は命じた。

「承知……」

幸吉は、厳しい面持ちで頷いた。

夕陽は、団子坂の傍にある古い小さな茶店を照らした。

燭台の火は用部屋を照らした。

「明神下の二千石取りの旗本葉山家か……」

久蔵は訊き返した。

「はい。仏はその葉山家の部屋住みだった孝次郎でした」

和馬は告げた。

「部屋住みだったとは……」

久蔵は眉をひそめた。

「葉山家当主で兄の兵庫さまは、奉公人のおさきを嫁にすると決めた孝次郎を家の恥だと云い、勘当していました」

「家の恥で、勘当か……」

久蔵は苦笑した。

「はい。それで孝次郎は、おさきと一緒になり、千駄木は団子坂で茶店を営んでいました」

「そいつが、昨夜、不忍池の畔で刀も抜かず、背中を斬られて殺されたか……」

「はい。兄の兵庫さまは、それも葉山家の恥と考えたのかもしれません」

「今時、武門の恥か……」

久蔵は、微かな嘲りを過ぎらせた。

「はい……」

「して、葉山家が引き取らなかった孝次郎の遺体をおさきが引き取り、立派に弔ったか……」

「はい。そして、孝次郎を殺した者を必ず見付けて仇を取ると……」

和馬は、久蔵を見詰めて告げた。

「おさき、知っているな……」

久蔵は睨んだ。

「秋山さま……」

「和馬、おさきは孝次郎が誰に何故、斬り殺されたのか知っている」

久蔵は、小さな笑みを浮かべた。

「やはり、秋山さまもそう思われますか……」

「うむ。和馬、おさきから眼を離すな」

「はい。既に柳橋が雲海坊を張り付けた筈です……」

「うむ。それで良い。それから、葉山家の内情をちょいと探ってみな」

久蔵は命じた。

「葉山家の内情を……」

和馬は眉をひそめた。

「ああ……」

久蔵は、厳しい面持ちで頷いた。

燭台の火は揺れた。


幸吉は、由松、勇次、新八、清吉たちと各々徳利一本の酒で飯を食べ始めた。

「で、勇次と清吉、何か分かったか……」

幸吉は、酒を飲みながら尋ねた。

「仏さん、昨夜、仁王門前町の飲み屋を覗き歩いて、誰かを捜していたそうですよ」

勇次は、幸吉に酌をした。

「誰かを捜していた……」

「はい……」

「誰を捜していたかは分からないのか……」

「そいつは未だ……」

「そうか。で、由松と新八の方はどうだった」

「昨夜の亥《い》の刻四つ（午後十時）頃、男たちの争う声を聞いた者がいました」

由松は、手酌で酒を飲んだ。

「男たちの争う声……」

「ええ。家を潰す気かとか、黙れとか。おそらく侍ですぜ」

由松は読んだ。

「うむ。その争っていた侍共が何処の誰かだな……」

「ええ……」

由松は頷いた。

「で、殺された葉山孝次郎さんだがな……」

幸吉は、葉山孝次郎に就いて分かった事を話し始めた。

二

千駄木の田畑の緑は、朝陽を浴びて爽やかに輝いていた。

白山権現から谷中天王寺を結ぶ道の左右には、寺や武家屋敷が多かった。

団子坂の傍の古い小さな茶店は、雨戸を閉めたままだった。

おさきは茶店を開ける気はない……。

雲海坊は、道を隔てた田畑にある野良小屋に潜んでおさきの茶店を見張った。

幸吉が、朝飯を持ってやって来た。

「こいつはありがたい……」

雲海坊は、幸吉と見張りを代わって朝飯を食べた。

「茶店を開ける気配はないか……」

幸吉は読んだ。

「ああ。昨日の今日だ。喪に服する気なんだろうが、おさきは出掛けるかもな……」

雲海坊は眉をひそめた。

「何かあったのか……」

「昨夜、俺が来た時、泣いていた……」

「泣いていたか……」

「ああ。庭に潜んで雨戸越しに家の中の様子を窺ったんだがな。おさきの啜り泣きが聞こえたよ……」

「そうか……」

「それから、御無念は必ず晴らすと、仏に約束する声が微かにな……」

雲海坊は告げた。

「おさき、葉山孝次郎が誰にどうして殺されたか知っているかもしれねえ……」

「ああ。もしそうならおさきの動きから眼が離せねえし、孝次郎同様に狙われる恐れもあるな……」

雲海坊は、厳しさを滲ませた。

「うむ。どうだ、新八か清吉を助っ人に寄越すか……」

「そうして貰えれば大助かりだ……」

雲海坊は頷いた。

「雲海坊、お前、随分と素直になったな」

「幸吉っつあん、そりゃあ弥平次の御隠居の頃とは違うさ。近頃は錫杖が重い時もある」

雲海坊は苦笑した。

「そうだな。弥平次の御隠居の頃は、腰を下ろしたいなんて思わなかったが、今は気が付いたら腰掛けている事が多いな」

幸吉は頷いた。

「ああ。お互いに歳を取ったな……」

雲海坊と幸吉は笑った。

風が吹き抜け、田畑の緑は揺れて煌めいた。


幸吉は、新八を雲海坊の助っ人に走らせた。

そして、由松と共に葉山孝次郎が殺された夜、不忍池の畔で争っていた侍たちを捜した。

勇次と清吉は、飲み屋を覗き歩いて誰かを捜していた葉山孝次郎の足取りを追い続けた。


葉山屋敷は長屋門を閉めていた。

和馬は、物陰から葉山屋敷を眺めた。

二千石取りの葉山家は無役であり、家来と奉公人が五十人程いる旗本だった。

老下男の善七が裏から現れた。

善七だ……。

和馬は見守った。

善七は、老顔に緊張を浮かべて明神下の通りに向かった。

何処に行く……。

和馬は追った。


神田川に架かっている昌平橋には、多くの人が行き交っていた。

善七は、昌平橋に差し掛かり、渡るかどうか微かな躊躇《ためら》いを見せた。

よし……。

「おう。善七じゃあないか……」

和馬は、善七に声を掛けた。

善七は、弾かれたように振り返った。

「やあ……」

和馬は笑い掛けた。

「此はお役人さま……」

善七は、僅かに老顔を綻《ほころ》ばせて和馬に近付いた。

和馬は、微かな戸惑いを覚えた。

「う、うん。どうした」

「はい。孝次郎さまの亡骸《なきがら》がどうなったのか、南の御番所に聞きに行こうと……」

善七は、孝次郎の遺体を心配して南町奉行所に行く途中だった。

「ああ。それならおさきが立派な弔いをあげた。心配するな」

「おさきちゃんが……」

善七は、顔を輝かせた。

「ああ、俺と柳橋の親分も出たが、近所の者たちも来てくれてな……」

和馬は微笑んだ。

「それは良かった……」

善七は、涙ぐんで手を合わせた。

「善七、立ち話もなんだ。こっちに来い」

和馬は、善七を近くの茶店に誘った。

「は、はい……」

善七は、和馬に続いた。

善七は、美味《うま》そうに茶を飲んだ。

「善七、孝次郎さんとおさきの事は聞いたよ」

「そうですか……」

「それで勘当するとはな……」

和馬は呆れた。

「はい。おさきちゃんは気立ての良い、しっかり者。孝次郎さまはそこを気に入られましてね。相惚れの似合いだったのに……」

善七は、哀しげに項垂《うなだ》れた。

「そうだな。おさきは煩い武家の妻も務まるような落ち着いたしっかり者だな」

「はい……」

「それで善七。葉山家と云うか、主の兵庫さまは、武家の格式や身分なんかに煩い方なのか……」

「は、はい。それはもう……」

善七は、躊躇い勝ちに頷いた。

「じゃあ、屋敷の中は堅苦しくて奉公人のみんなも堪《たま》らないな……」

「お役人さま、手前共奉公人はお殿さまや奥方さまたちとは滅多にお逢いしないので……」

「余り拘わりないか……」

「はい。奉公人に親しく声を掛けてくれるのは、部屋住みの孝次郎さまだけでした」

「そうか。孝次郎さんだけか……」

「ええ。孝次郎さまは子供の頃から庭仕事を手伝ってくれたりしましてねえ……」

善七は、懐かしげに眼を細めた。

「そうか……」

和馬は、孝次郎と善七の拘わりを知った。

「あっ……」

善七は、昌平橋を見て短い声をあげた。

「どうした……」

和馬は、善七の視線を追った。

旗本の子弟と思われる若い武士が、二人の取り巻きの武士と賑やかに話をしながら昌平橋を渡って行った。

善七は見送った。

「誰だい……」

「わ、若さまです……」

善七は声を潜めた。

「若さま……」

和馬は眉をひそめた。

「はい。葉山家の若さまの京一郎《きょういちろう》さまにございます」

「葉山京一郎か……」

和馬は、取り巻きと一緒に昌平橋を渡って行った若い武士が葉山家の若さま京一郎だと知った。

「左様にございます。お役人さま、孝次郎さまが御世話になり、ありがとうございました。では、手前はこれで……」

善七は、縁台から立ち上がった。

「そうか。造作を掛けたな。気を付けて帰るが良い……」

「はい。御無礼します」

善七は、和馬に深々と頭を下げて立ち去って行った。

和馬は見送った。

「若さまの京一郎か……」

格式や身分に煩く堅苦しい葉山家には、似合わない若さまだ……。

和馬は苦笑した。


大きな荷物を背負った行商人は、幟旗《のぼりばた》を肩にして千駄木団子坂を遠ざかって行った。

雲海坊と新八は、古い小さな茶店を見張り続けた。

おさきが、古い小さな茶店の裏手から出て来た。

「雲海坊さん……」

「ああ。おさきだ……」

新八と雲海坊は、おさきを見守った。

おさきは、団子坂の辻を南に曲がって根津権現に向かった。

「雲海坊さん……」

「おう……」

新八と雲海坊は、おさきを追った。

おさきは、裏門から根津権現の境内に入り、門前町を抜けて不忍池に向かった。

新八と雲海坊は追った。


不忍池は煌めいていた。

孝次郎が争っているのを見た者は、見付からなかった。

幸吉と由松は、仁王門前町の茶店で茶を飲んで一服した。

「親分、孝次郎さん、やっとうの方は大した事はなかったんですかい……」

由松は、茶を啜りながら尋ねた。

「だろうな。刀を抜かずに背中だけを斬られたんだから……」

幸吉は読んだ。

「逃げ廻って背中ばかり斬られましたか……」

由松は眉をひそめた。

「ああ……」

幸吉は頷いた。

「それにしても、刀を抜かなかったってのは、どうしてですかね」

「抜いても勝てないと、端《はな》から諦めたのかな」

「そうですかねえ……」

由松は首を捻った。

「そうは思えないか……」

「ええ。何となくすっきりしませんねえ」

「よし。じゃあ、その辺の事、秋山さまに訊いてみるか……」

「はい……」

由松は頷いた。

「親分……」

勇次と清吉が駆け寄って来た。

「おう。何か分かったか……」

「はい。孝次郎さん、どうやら連んで遊び廻っている旗本の若い奴らを捜していたようですぜ……」

勇次は告げた。

「連んで遊んでいる旗本の若い奴らか……」

幸吉は眉をひそめた。

「はい……」

「旗本の若い奴らの名前は分かったのか……」

「そいつが、小田《おだ》とか高木《たかぎ》とか、今一つはっきりしないんです」

勇次は、苛《いら》立《だ》ちを過ぎらせた。

「そうか、小田か高木か、今一つはっきりしないか……」

「はい。ですが、必ず捜し出してやりますよ。小田や高木って名前の若い旗本……」

勇次と清吉は意気込んだ。

「ああ。そうしてくれ……」

幸吉たちは、漸《よう》く微《や》かな明りを見た。


おさきは、不忍池の西、茅町沿いの畔を南に進んだ。

雲海坊と新八は、入れ替わったりしながら慎重に尾行した。

おさきは、俯《うつむ》き加減で足早に進み、不忍池の畔から明神下の通りに向かった。

「雲海坊さん、おさき、まさか……」

新八は、先を行くおさきを見詰めた。

「ああ。葉山屋敷に行くのかもしれないな」

雲海坊は頷いた。

おさきは、明神下の通りを進んだ。

雲海坊と新八は追った。


おさきは立ち止まった。

旗本の葉山屋敷の前だった。

おさきは、葉山屋敷を窺った。

葉山屋敷は、長屋門を閉めて出入りする者はいなかった。

おさきは、裏門に続く土塀沿いの路地に進んだ。

雲海坊と新八は、路地の入り口に駆け寄り、裏門を窺った。


裏門の前では、おさきが中間《ちゅうげん》と言葉を交わしていた。

雲海坊と新八は見守った。

中間は頷き、屋敷内に入った。

おさきは、土塀に寄って佇んだ。

「誰かを待っているようですね」

「ああ……」

雲海坊は頷いた。

老下男の善七が、裏門から出て来た。

「善七さん……」

おさきは、老下男の善七に駆け寄った。

「おさきちゃん、南の御番所の同心の旦那に聞いたんだが、孝次郎さまの弔い、立派だったそうだね。同心の旦那が誉めていたよ。御苦労さま……」

善七は、おさきを労《ねぎら》った。

「いいえ。それより善七さん、孝次郎さまが殺された夜、若さまは御屋敷においでになりましたか……」

おさきは尋ねた。

「京一郎さまかい……」

善七は、白髪眉をひそめた。

「はい……」

「さあ、それは直ぐには分からないが、調べてみるかい……」

「お願いします。それから、若さまの知り合いに高木新之助《しんのすけ》と小田源之丞《げんのじょう》と云う方がいる筈なんですが、知っていますか……」

「ああ……」

「御屋敷が何処かは……」

「高木さまは知らぬが、小田さまの御屋敷は確か本郷御弓町《おゆみちょう》だと聞いた事がある……」

「小田さまは本郷御弓町……」

おさきは念を押した。

「うん……」

「じゃあ善七さん、又来ます。身体に気を付けて……」

「ああ。おさきちゃんもな……」

「はい……」

おさきは、善七に深々と頭を下げて裏門から離れた。

雲海坊と新八は、素早く物陰に隠れた。

おさきは、葉山屋敷の路地を出て明神下の通りを不忍池の方に戻った。

「湯島天神裏の切通しから本郷ですか……」

新八は、おさきが行くと思われる道筋を読んだ。

「きっとな。追うよ……」

雲海坊は、おさきを追った。

新八は続いた。


南町奉行所の用部屋の庭先には、木洩れ日が揺れていた。

「そうか。葉山家の若さま、京一郎ってのがいろいろありそうか……」

久蔵は、厳しさを滲ませた。

「はい。此からじっくりと調べてやりますよ」

和馬は、小さな嘲りを浮かべた。

「ひょっとしたら、葉山家の本当の恥は京一郎かもしれねえな」

「はい……」

和馬は頷いた。

「秋山さま……」

庭先に小者が現れた。

「おう……」

「柳橋の親分が……」

「通してくれ」

「承知しました……」

小者が立ち去り、幸吉が入って来て濡れ縁の傍に控えた。

「どうした……」

久蔵と和馬は、濡れ縁に出た。

「はい……」

幸吉は、孝次郎がどうして刀を抜かずに背中を斬られて殺されたのか、久蔵の睨みを尋ねた。

「ああ、その事か……」

久蔵は、小さな笑みを浮かべた。

「はい。孝次郎さん、刀を抜かず、逃げ廻っていたとは……」

「柳橋の。おそらく孝次郎は斬り合う気がなかった。それは、相手が知り合いで、殺す気はあるまいと睨み、油断したって処だろうな」

久蔵は読んだ。

「相手は知り合い……」

幸吉は眉をひそめた。

「そうですか。相手が知り合いで、油断しましたか……」

「ああ……」

幸吉は頷いた。

「おそらくな。して、何か分かったのか……」

「はい。孝次郎さんは、あの夜、高木とか小田とか云う名の連んで遊んでいる旗本の倅《せがれ》たちを捜し廻っていたようです」

「連んでいる旗本の倅か……」

「はい……」

「和馬……」

「はい。高木と小田、葉山家の若さま、京一郎と拘わりのある奴らかもしれません」

「ああ。柳橋の。高木と小田って旗本の倅を急ぎ捜し出せ。和馬、引き続き葉山家の内情を調べろ……」

久蔵は命じた。

本郷御弓町の武家屋敷街は、行き交う人も少なく物売りの声だけが響いていた。

「あの、付かぬ事をお伺いしますが……」

おさきは、通り掛かった空の大八車を引いた米屋の手代と人足を呼び止めた。

「はい。何でございますか……」

米屋の手代は立ち止まった。

「此の辺りに、小田源之丞さまと仰る方がお住まいなのですが、御屋敷が何処か御存知ですか……」

おさきは尋ねた。

「小田さまですか……」

米屋の手代は訊き返した。

「はい。小田さまの御屋敷です」

「手前の知っている小田さまの御屋敷なら此の先の辻を左に曲がった角の御屋敷ですが……」

「そうですか。足を止めさせて申し訳ございません。ありがとうございました」

おさきは、礼を述べて先に進んだ。

「雲海坊さん……」

「新八はおさきを追ってくれ。俺は米屋の手代におさきが何を尋ねたか、訊いてみる」

「承知……」

新八は頷き、おさきを追った。

雲海坊は、新八と擦れ違って来る米屋の手代と人足を待った。

おさきは、武家屋敷街の辻を左に曲がって角の屋敷の前で立ち止まった。

そして、角の屋敷を静かな面持ちで見詰めた。

三

おさきは、旗本屋敷を見詰めた。

新八は、土塀の陰から見守った。

雲海坊がやって来た。

「どうだ……」

「角の屋敷を見ていますが、誰の屋敷なんですかね」

「小田って旗本の屋敷だ……」

雲海坊は、米屋の手代に訊いた事を新八に教えた。

「じゃあ、その小田源之丞の屋敷ですか……」

「ああ。きっとな……」

雲海坊と新八は、旗本屋敷を見ているおさきを見守った。


「あの……」

おさきは、男の怪訝な声に振り返った。

箒《ほうき》を持った下男が、背後の旗本屋敷から出て来ていた。

「何か……」

下男は、おさきに厳しい眼を向けていた。

「は、はい。此方は小田さまの御屋敷にございますね」

おさきは尋ねた。

「ええ。そうですが……」

下男は、おさきを警戒した。

「ならば、源之丞さまと仰る若さまがおいでになりますね」

「源之丞さま……」

下男は眉をひそめた。

「はい……」

おさきは頷き、下男の返事を待った。

「いいえ。小田さまに源之丞さまと仰る若さまはいらっしゃいませんよ」

「いない……」

おさきは驚いた。

「はい。此方の小田さまにはお嬢さまがおいでになるだけで、若さまは……」

下男は、気の毒そうに首を横に振った。

「ほ、本当ですか……」

おさきは狼狽えた。

「はい。本当ですよ」

下男は、おさきを見詰めて頷いた。

「そうですか……」

おさきは、吐息を洩らして肩を落とした。

眼の前の小田屋敷は、源之丞と云う倅のいる小田家の屋敷ではなかった。

「はい。ですが、此の向こうに明地《あきち》がありましてね。その近くにも小田さまと仰る御屋敷があると聞いておりますが……」

下男は告げた。

「えっ。小田さま、他にもおいでになるのですか……」

おさきは、思わず身を乗り出した。

「ええ……」

「その小田さまの御屋敷は、此の向こうにある明地の近くなんですね」

おさきは念を押した。

「はい……」

下男は頷いた。

おさきは、眼を細めて明地の方を見詰めた。

由松、勇次、清吉は、不忍池の周囲の盛り場の飲み屋を歩き、小田に高木と云う名前の若い旗本を捜した。

だが、小田に高木と云う名前の若い旗本は容易に浮かばなかった。

由松、勇次、清吉は捜し続けた。


神田川には様々な船が行き交っていた。

和馬は、明神下の葉山屋敷に行こうと、神田川に架かっている昌平橋を渡った。

「あれっ。和馬さんじゃありませんか……」

和馬は、声のした神田川沿いの道を見た。

秋山大助《だいすけ》が、和馬に駆け寄って来た。

「やあ、大助さん……」

和馬は、大助が湯島の学問所の帰りだと気が付いた。

「何か事件ですか……」

大助は、興味津々の笑みを浮かべた。

「いや。別に……」

和馬は苦笑した。

「良かったら、お手伝いします」

「それには及ばないが、大助さん、葉山京一郎って奴を知っていますか……」

「ああ、二千石取りの旗本の……」

「知っていますか……」

「学問所の先輩ですよ」

大助は知っていた。

「先輩……」

「ええ。尤も学問所には滅多に顔を出していないそうですがね……」

大助は声を潜めた。

「どうです、大助さん。ちょいと飯でも食いますか……」

和馬は誘った。

「はい。お供します」

大助は、嬉しげに声を弾ませた。


神田明神鳥居前の蕎麦屋に客は少なかった。

大助は、勢い良く三枚目の盛り蕎麦を手繰り始めた。

和馬は、盛り蕎麦を食べ終えて茶を啜った。

「で、大助さん、葉山京一郎ですが、随分と評判が悪いようですね」

「はい。そりゃあもう。取り巻きの小田や高木と連んで強請集《たか》りを働いたり、町方の娘に付き纏《まと》っているって噂もあるぐらいですからね……」

大助は、三枚目の盛り蕎麦を美味そうに手繰り続けた。

「強請集りに、町娘に付き纏い……」

和馬は眉をひそめた。

「ええ……」

「で、大助さん、葉山京一郎の取り巻き、知っていますか……」

「小田源之丞と高木新之助って奴らです」

「小田源之丞に高木新之助ですか……」

「ええ。和馬さん、盛り、もう一枚……」

大助は、三枚目の盛り蕎麦を食べ終えて和馬に手を合わせた。

「亭主、盛りをもう一枚だ……」

和馬は苦笑した。


本郷御弓町の明地の雑草は風に揺れた。

おさきは、武家屋敷街の中間小者に尋ねながら明地の傍の小田屋敷に辿り着いた。

小田屋敷は表門を閉めていた。

おさきは、小田屋敷を見据えた。

雲海坊は、物陰から見守った。

「雲海坊さん……」

新八が駆け寄って来た。

「どうだった……」

「旗本二百石小田軍兵衛《ぐんべえ》さま、源之丞って倅がいました……」

新八は、聞き込んで来た事を報せた。

「おさき、やっと小田源之丞に辿り着いたか……」

「ええ……」

新八は、小田屋敷を見据えているおさきを見た。

「さあて、何をする気なのか……」

雲海坊は、おさきを眺めた。

小田屋敷を見詰めるおさきの顔は、厳しさと険しさに満ちていた。

和馬は、大助を帰して葉山屋敷にやって来た。
葉山屋敷は静寂に覆われていた。
和馬は、物陰から葉山屋敷を眺めた。
葉山屋敷の横の路地から若い侍が現れ、土塀に寄り掛かって辺りを窺った。
葉山京一郎の取り巻きの一人だ……。
和馬は気が付いた。
小田源之丞か高木新之助……。
和馬は読んだ。
僅かな刻が過ぎ、路地から葉山京一郎が出て来た。
葉山京一郎……。
和馬は眉をひそめた。
「待たせたな、新之助……」
京一郎は、若い侍に声を掛けた。
「いいや……」
新之助と呼ばれた若い侍は笑った。
「じゃあ、行くか……」

京一郎は、新之助と呼んだ若い侍と不忍池に向かった。

待っていた若い侍は、取り巻きの高木新之助だった。

和馬は見定め、二人を追った。


小田屋敷は西日に照らされた。

若い侍が、小田屋敷から出て来た。

「雲海坊さん……」

新八は、明地の木陰で居眠りをしていた雲海坊に声を掛けた。

「うん……」

雲海坊は、眼を覚まして小田屋敷を眺めた。

若い侍は、本郷通りに向かった。

「小田源之丞ですね」

新八は読んだ。

「間違いあるまい……」

雲海坊は見定めた。

おさきが物陰から現れ、険しい面持ちで小田源之丞を追った。

「雲海坊さん……」

新八は緊張した。

「ああ、追うよ」

雲海坊と新八は、明地の木陰を出て小田源之丞を追うおさきに続いた。


下谷広小路は賑わっていた。

葉山京一郎と高木新之助は、下谷広小路の賑わいを抜けて不忍池の畔の仁王門前町に進んだ。

和馬は尾行た。

「和馬の旦那……」

由松が、京一郎と新之助を尾行る和馬の背後に現れた。

「やあ……」

「あの二人……」

和馬と由松は、歩きながら言葉を交わした。

「ああ。葉山京一郎と高木新之助だ……」

和馬は教えた。

「へえ、あいつらですか……」

由松は、先を行く京一郎と新之助を厳しく見据えた。

「ああ。強請集りに町娘に付き纏っているって噂もあるそうだ」

和馬は、冷ややかな笑みを浮かべた。


小田源之丞は、御弓町から真光寺《しんこうじ》門前町の通りを抜けて本郷通りに出た。

おさきは追い、雲海坊と新八が続いた。

源之丞は、本郷通りを横切って切通しに進んだ。

切通しは、明神下や不忍池に続いている。

明神下の葉山京一郎の屋敷に行くのか……。

雲海坊と新八は読んだ。

おさきは、一定の距離を保って源之丞を尾行た。

「おさき、何をする気なんですかね……」

新八は、切通しを行くおさきの後ろ姿を見詰めた。

「仕掛けるかもな……」

雲海坊は、厳しい面持ちで読んだ。

小田源之丞は、切通しから天沢山麟祥院《てんたくさんりんしょういん》と金沢藩江戸上屋敷の間の道に曲がった。

此のまま進めば不忍池……。

おさきは読んだ。

よし……。

おさきは決めた。

行き先は、明神下の葉山屋敷ではなく不忍池……。

雲海坊と新八は、金沢藩江戸上屋敷と越後国高田藩江戸中屋敷の間の道を行く源之丞の行き先を読んだ。

おさきは、源之丞を追った。

雲海坊と新八は続いた。

夕陽は空を赤く染め始めた。

不忍池に夕陽が映えた。

小田源之丞は、不忍池の畔を下谷広小路に向かった。

おさきは追った。

雲海坊と新八は続いた。

おさきは、足取りを速めた。

「雲海坊さん……」

新八は緊張した。

「うん……」

雲海坊は眉をひそめた。


「お侍さま……」

おさきは、小田源之丞を呼び止めた。

源之丞は振り返った。

「お侍さまは小田源之丞さまにございますね」

おさきは、源之丞を見詰めた。

「ああ。そうだが、お前は……」

源之丞は、おさきを胡散《うさん》臭そうに見た。

「私は葉山さまの御屋敷の者です」

おさきは微笑んだ。

「京一郎の……」

「左様にございます」

「で、何用だ……」

「はい。京一郎さまが、此の前の夜の事は何もかも小田源之丞がやった事だと仰っていますが、本当ですか……」

「冗談じゃない。あいつを斬って得をするのは京一郎だけだ。それよりお前、何故……」

源之丞は眉をひそめた。

刹那、おさきは帯の結び目に隠し持っていた懐剣を抜き、源之丞に突き掛かった。

源之丞は、咄嗟に倒れ込んで躱《かわ》した。

おさきは、倒れ込んだ源之丞に尚も突き掛かった。

「何をする……」

源之丞は、刀を一閃《いっせん》した。

甲高い音が鳴り、おさきの懐剣が弾き飛ばされた。

懐剣は、不忍池に小さな水飛沫《みずしぶき》をあげた。

おさきは怯み、後退りした。

「おのれ……」

源之丞は、顔を醜く歪めておさきに刀を突き付けた。

次の瞬間、呼び子笛が鳴り響いた。

源之丞は狼狽えた。

「人殺しだ。人殺し……」

「若い侍が女を斬ろうとしているぞ」

雲海坊と新八は怒鳴り、騒ぎ立てた。

「くそっ……」

源之丞は、慌てて刀を鞘に納めて逃げた。

「野郎を追います……」

新八は、雑木林に駆け込んで源之丞を追った。

雲海坊は、おさきを見守った。

おさきは、疲れ果てたかのように項垂れて踵《きびす》を返した。

重い足取りだった。

雲海坊は見守った。

おさきは、重い足取りで不忍池の畔を北に向かった。

その先には根津権現があり、千駄木の町がある。そして、千駄木団子坂には、古い小さな茶店があった。

おさきは、古い小さな茶店に帰る。

見届ける……。

雲海坊は、おさきを追った。


夕陽は沈み、下谷広小路を行き交う人は足早だった。

小田源之丞は、背後を振り返りながら仁王門前町に進んだ。

仁王門前町の料理屋は明りを灯し、客が賑やかに出入りしていた。

源之丞は、賑わう料理屋の路地に入った。

路地の奥には小料理屋があり、暖簾を揺らしていた。

源之丞は、小料理屋の暖簾を潜った。

新八は、路地の入り口で見届けた。

「新八……」

新八は、背後からの声に驚いて振り返った。

和馬がいた。

「和馬の旦那……」

新八は、戸惑いを浮かべた。

「奴が小田源之丞か……」

「はい。今、不忍池の畔でおさきさんが小田源之丞の命を狙いました……」

「おさきが……」

「はい……」

新八は、雲海坊と共におさきを尾行して見届けた事を告げた。

「成る程、おさきがねえ……」

「はい。おさきさん、葉山孝次郎の仇を討とうとしているのかもしれません」

新八は眉をひそめた。

「うん。で、おさきはどうした……」

「雲海坊さんが……」

「そうか……」

和馬は頷いた。

「和馬の旦那、小田源之丞、あの小料理屋で誰かと逢うのですかね」

「ああ。葉山京一郎と高木新之助が先に来ているよ……」

「葉山京一郎と高木新之助が……」

「うむ……」

「じゃあ、ちょいと覗いて来ますか……」

「いや。由松が張り付いているよ」

「由松さんが……」

「ああ……」

和馬と新八は、路地の奥の小料理屋を眺めた。

小料理屋の暖簾が揺れ、軒行燈の火が瞬《またた》いた。

四

小料理屋の店内は、酒の匂いと穏やかな笑い声に満ちていた。

小田源之丞は、衝立《ついたて》の陰で酒を飲んでいた葉山京一郎や高木新之助の許に進んだ。

「遅かったな……」

京一郎と新之助は迎えた。

「ああ……」

源之丞は、新之助の隣に座り、腹立たしげな面持ちで酒を飲んだ。

「どうかしたのか……」

新之助は眉をひそめた。

「葉山家の者だと云う女に襲われた……」

源之丞は、京一郎を見詰めて告げた。

「何……」

京一郎は驚いた。

「不忍池の畔で呼び止められましてな。女が何処の誰か、心当たりありますか……」

源之丞は、険しい顔で京一郎を見詰めた。

「あ、ああ……」

京一郎は頷いた。

「誰だ、何処の誰ですか……」

「おそらく、おさきだ……」

京一郎は睨んだ。

「おさき……」

「うむ。以前、屋敷に奉公していた女で、今は厄介叔父の女房だ……」

京一郎は、嘲りを浮かべた。

「じゃあ何か、あの女、亭主の恨みを晴らそうとしたのか……」

源之丞は読んだ。

「おそらくな……」

京一郎は頷いた。

「おのれ……」

源之丞は、怒りを露わにした。

「どうする……」

新之助は、微かな怯えを過ぎらせた。

「棄てては置けぬな……」

京一郎は、酷薄な笑みを浮かべた。

衝立の向こうでは、由松が手酌で酒を飲んでいた。


南町奉行所の久蔵の用部屋には、和馬、幸吉、由松が訪れていた。

「そうか。葉山孝次郎を斬ったのは、甥の葉山京一郎と取り巻きの小田源之丞、高木新之助の三人か……」

久蔵は、厳しい面持ちで念を押した。

「はい。間違いありません」

和馬と由松は頷いた。

「そうか……」

「孝次郎さん、葉山家の嫡男で甥の京一郎を斬る訳にいかないので、刀を抜かずに逃げ廻ったんですかね」

幸吉は眉をひそめた。

「おそらくな……」

久蔵は頷いた。

「それにしても、京一郎たちはどうして孝次郎を斬ったのかな」

和馬は首を捻った。

「孝次郎、京一郎の品行を咎《とが》め、厳しく諌《いさ》めたのかもしれねえ」

「じゃあ、そいつを逆恨みして……」

久蔵は読んだ。

和馬は眉をひそめた。

「うむ。して由松、京一郎共はおさきを襲うかもしれないのだな」

「はい。棄てては置けぬと……」

由松は苦笑した。

「痴《し》れ者が……」

久蔵は吐き棄てた。

「秋山さま……」

和馬は、久蔵の指図を待った。

「うむ。柳橋の、おさきには雲海坊が張り付いているのだな」

「はい。で、葉山京一郎には勇次、小田源之丞には新八、高木新之助には清吉がそれぞれ張り付いています」

幸吉に抜かりはなかった。

「よし、眼を離すな……」

久蔵は命じた。

千駄木の田畑には、小鳥の囀《さえず》りが響き渡っていた。

雲海坊は野良小屋に潜み、団子坂の向こうにある古い小さな茶店を見張っていた。

古い小さな茶店は雨戸を閉めたままであり、おさきが姿を見せる事はなかった。

幸吉の報せによれば、葉山京一郎は取り巻きの小田源之丞や高木新之助とおさき殺しを企んでいる。

雲海坊は、白山権現から谷中天王寺を結ぶ道と根津権現裏に続く通りを見張った。

行き交う人の中には、葉山京一郎、小田源之丞、高木新之助らしき若い侍はいない。

雲海坊は見定め、古い小さな茶店を眺めた。

古い小さな茶店の雨戸が開く気配は窺われず、小鳥の囀りが長閑《のどか》に響いていた。

葉山屋敷の見張りには勇次の他に和馬も加わり、京一郎が動くのを待った。

下谷御徒町の高木新之助の屋敷には、清吉と由松が張り付いた。

そして、本郷御弓町の外れにある小田屋敷には、新八の他に幸吉も源之丞の見張りに付いた。

京一郎、新之助、源之丞は、屋敷を出るような動きを見せなかった。


何事もなく刻は過ぎた。

雲海坊は、おさきの茶店を見張り続けた。

茶店に変りはなかった。

塗笠を被った着流しの武士が、根津権現裏から続く道に現れた。

秋山さま……。

雲海坊は、塗笠に着流しの武士の身のこなしや足取りからそう読み、野良小屋から出た。

塗笠に着流しの武士は、雲海坊に気が付いて立ち止まった。

雲海坊は、塗笠に着流しの武士の許に進んだ。

「やあ。御苦労だな……」

着流しの武士は、塗笠を僅かに上げた。

久蔵だった。

「いえ……」

「あの茶店か……」

久蔵は、古い小さな茶店を眺めた。

「はい。今の処、おさきに動きはありません」

「そうか……」

「ですが、昨日、小田源之丞を襲ったのをみると、おさきは今日も……」

「葉山京一郎か高木新之助を襲いに行くか……」

久蔵は読んだ。

「かもしれません……」

雲海坊は、厳しい面持ちで頷いた。

「雲海坊……」

久蔵は、雲海坊を促して木陰に入った。

茶店の裏手からおさきが現れた。

「おさきです……」

雲海坊は見定めた。

「うん……」

久蔵は見守った。

おさきは、団子坂を白山権現に向かった。

「白山権現から本郷の小田源之丞の屋敷に行くつもりですかね」

雲海坊は睨んだ。

「ま。追ってみるさ……」

久蔵と雲海坊は、おさきを追った。

おさきは、団子坂を過ぎて小さな寺の山門を潜った。

「寺……」

久蔵は眉をひそめた。

「きっと孝次郎さんを葬った寺です」

「孝次郎の墓か……」

久蔵は、小さな寺を眺めた。

墓地には苔生《こけむ》した古い墓石が並び、線香の紫煙が漂っていた。

漂っている紫煙は、おさきが手を合わせる真新しい墓に供えられた線香からのものだった。

おさきは、葉山孝次郎の真新しい墓に手を合わせていた。

久蔵と雲海坊は見守った。

手を合わせるおさきの横顔には、哀しさと厳しさが秘められていた。

久蔵は見定めた。

おさきは、合わせていた手を解いて真新しい墓の前から立ち上がった。そして、久蔵と雲海坊に気が付き、会釈《えしやく》をして墓地の出入口に向かおうとした。

「此から京一郎の処に行くのかな……」

久蔵は声を掛けた。

おさきは、驚いたように久蔵を振り返った。

「私は、浪人葉山孝次郎殺害を探索している南町奉行所の秋山久蔵。こっちは雲海坊……」

久蔵は名乗り、雲海坊を引き合わせた。

雲海坊は微笑んだ。

「あ、秋山さまと雲海坊さん……」

おさきは、強張《こわば》った面持ちで久蔵と雲海坊を見詰めた。

「おさき、葉山孝次郎は何故、京一郎たちに殺されたのかな……」

「えっ……」

おさきは、微かな戸惑いを浮かべた。

「おさき、お前は知っている筈だ。教えて貰おう……」

久蔵は、おさきを見据えた。

「そ、それは……」

おさきは躊躇い、口籠もった。

「葉山家当主の兵庫は、奉公人のおさきと夫婦になった弟の孝次郎を家の恥、葉山家の恥と怒り、勘当した。しかし、本当の家の恥は、孝次郎より悪仲間と連んで強請集りや町娘に付き纏う倅の京一郎だ……」

「秋山さま……」

おさきは、久蔵が葉山家の内情を知っているのに戸惑った。

「京一郎は、葉山家が取潰しになる程の悪事、家の恥を働いている。そうだな……」

久蔵は念を押した。

「はい。それで孝次郎さまは、京一郎さまを何度も諌め、悪い事を止めさせようとしていたのです」

おさきは告げた。

「そして、あの夜も京一郎たちを捜し廻り、不忍池の畔で見付けて諌めた……」

久蔵は読んだ。

「その通りです。孝次郎さまは、自分を勘当した葉山の家を護ろうとしていたのです。それなのに……」

おさきは、哀しげに告げた。

「だから、己の手で孝次郎の無念を晴らそうと、小田源之丞を狙ったか……」

「はい。京一郎や高木新之助も私が必ず……」

おさきは、悔しさを露わにした。

「おさき、それには及ばない……」

久蔵は笑った。

「えっ……」

おさきは戸惑った。

「こっちが出向く迄もなく、痴れ者はやって来る……」

久蔵は、不敵な笑みを浮かべた。


夕暮れ時が訪れた。

小田屋敷から源之丞が現れ、足早に本郷の通りに向かった。

漸く動いた……。

「親分……」

新八は意気込んだ。

「ああ。追うよ……」

幸吉は頷いた。

「はい……」

幸吉と新八は、本郷の通りに向かう小田源之丞を追った。

御徒町の組屋敷を出た高木新之助は、明神下の通りに急いだ。

由松と清吉は追った。

新之助は、御徒町の組屋敷街を東から西に進んだ。

「行き先は明神下の葉山の屋敷ですか……」

清吉は読んだ。

「ああ。寺子屋に行く時の子供のように、京一郎を迎えに行くんだろう」

由松は苦笑した。


高木新之助は、由松と清吉の読み通りに葉山屋敷を訪れた。

由松と清吉は、葉山屋敷を見張っていた和馬と勇次と落ち合った。

「高木新之助が京一郎を迎えに来たか……」

和馬は眉をひそめた。

「ええ。餓鬼じゃあるまいし、お手々繋いで悪さをしに行く気ですぜ」

由松は嘲笑した。

高木新之助は、屋敷から出て来た葉山京一郎と一緒に不忍池に向かった。

勇次と清吉が追い、和馬と由松が続いた。

「きっと、昨夜の小料理屋で小田源之丞と落ち合うつもりですよ」

由松は読んだ。

「うん。落ち合って何をするのか……」

和馬は苦笑した。

夕陽は沈み、町は大禍時《おおまがとき》に覆われた。


千駄木団子坂の古い小さな茶店には、明かりが灯されていた。

戌の刻五つ（午後八時）を告げる寺の鐘の音が、千駄木に響き渡った。

根津権現裏から続く道に三人の侍が現れた。

葉山京一郎、小田源之丞、高木新之助の三人だった。

京一郎、源之丞、新之助は、古い小さな茶店の周囲に潜む者がいないか見定めもせずに近付いた。そして、雨戸の明かりの洩れる隙間を覗き、中の様子を窺った。

「どうだ……」

京一郎は、雨戸の隙間を覗いている源之丞に囁いた。

「良く分からぬが、変わった処はないようだ」

源之丞は囁き返した。

「ならば、さっさと片付けよう」

新之助は、刀を抜いて雨戸の潜り戸を蹴破ろうとした。

刹那、潜り戸が勢い良く開けられた。

「わっ……」

新之助は驚き、思わず尻餅をついた。

京一郎と源之丞は、咄嗟に離れて身構えた。

潜り戸から久蔵が出て来た。

「な、何者だ……」

京一郎は、声を引き攣らせて咎めた。

「馬鹿、そいつは押込もうとする賊の台詞《せりふ》じゃあねえ。こっちの台詞だ」

久蔵は苦笑した。

「何……」

京一郎、源之丞、新之助は怯んだ。

和馬、幸吉、由松、勇次、新八、清吉が現れ、京一郎、源之丞、新之助を取り囲んだ。

京一郎、源之丞、新之助は、激しく狼狽えた。

「な、何だ。我らは旗本だ……」

「黙れ……」

久蔵は一喝した。

「手前らは此の茶店に押込もうとした盗賊だ」

久蔵は決め付けた。

「違う。此の茶店の女が我らを狙っていると聞き、問い質《ただ》しに来た迄だ」

京一郎は、焦りを浮かべた。

「ならば何故、問い質す前に刀を抜いたのだ」

久蔵は、京一郎、源之丞、新之助を厳しく見据えた。

「だが、我らは旗本、町奉行所の咎めを受ける謂《いわ》れはない……」

京一郎は、必死に抗弁した。

「如何に旗本でも、他人の家に押込めば盗賊。旗本の名を騙る強盗に過ぎねえ……」

久蔵は、冷笑を浮かべて一蹴した。

「お、おのれ……」

京一郎は、恐ろしさに震えた。

源之丞が喚《わめ》き、刀を抜いて和馬たちの囲みを破ろうとした。

刹那、幸吉と由松の手から鉤縄が飛んだ。

源之丞は、腕と脚に鉤縄を受けて仰《の》け反《ぞ》り、動きを封じられた。

新八が源之丞に飛び掛かり、刀を持つ腕を素早く押さえた。

勇次は、源之丞の額に情け容赦なく十手を叩き込んだ。

源之丞は悲鳴を上げ、頭を抱えて倒れ込んだ。

清吉が捕り縄を打った。

柳橋一家の鮮やかな連係であり、一瞬の出来事だった。

京一郎と新之助は、恐怖に衝き上げられた。

「葉山京一郎、小田源之丞、高木新之助、お前たちの身柄は此の南町奉行所の秋山久蔵が預かる。神妙にするんだな……」

久蔵は、京一郎と新之助に冷笑を浴びせた。

「あ、秋山久蔵……」

京一郎と新之助は、秋山久蔵の名を知っていたらしく、激しく震えた。

「和馬、柳橋の……」

和馬は、激しく震える京一郎と新之助の刀を取り上げた。

由松と勇次が捕り縄を打った。

「引き立てろ……」

和馬は、幸吉、由松、勇次、新八、清吉たちと京一郎、源之丞、新之助を引き立てた。

久蔵は見送った。

おさきが、雲海坊に付き添われて茶店から出て来た。

「ありがとうございました」

おさきは、久蔵に深々と頭を下げた。

「おさき、必ず納得出来る始末をつけるぜ」

久蔵は約束した。


久蔵は、葉山京一郎、小田源之丞、高木新之助の所業と浪人葉山孝次郎を斬り殺した事実を目付の榊原蔵人に報せた。

目付の榊原蔵人は怒り、直ぐさま評定所に厳しい訴状を出した。

葉山京一郎、小田源之丞、高木新之助は、目付の監視下に置かれた。

久蔵は、旗本二千石葉山兵庫に明神下の葉山屋敷に呼び付けられた。

「おのれ……」

和馬や幸吉は憤《いきどお》り、心配した。

久蔵は、不敵な笑みを浮かべて葉山屋敷に単身乗り込んだ。

葉山屋敷の書院には、庭の鹿威《ししおど》しの音が甲高く響いていた。

久蔵は、葉山兵庫と書院で向かい合った。

「秋山、事は我が葉山家の一族内の事、町奉行所は勿論、評定所が拘る事ではあるまい」

葉山兵庫は怒りを滲ませた。

「お言葉ですが葉山さま、不忍池で殺された葉山孝次郎どのは、既に家の恥として勘当され、葉山家とは拘わりなき者と、亡骸の引き取りを拒まれたと聞き及びますが……」

久蔵は、兵庫を見据えて告げた。

「そ、それは……」

兵庫は狼狽えた。

「それ故、最早葉山家一族内の揉め事とは云えませぬな……」

久蔵は冷笑した。

「だ、だが秋山、京一郎は未だ年若で……」

「葉山さま……」

久蔵は、兵庫を遮った。

「あ、秋山……」

兵庫は、喉を引き攣らせた。

「葉山さま。強請集りに付き纏いは、それだけでも質《たち》が悪いが、諫言していた孝次郎どのを手に掛けた挙げ句、事情を知る妻のおさきの命を狙って押込むとは外道《げどう》の所業。如何に年若でも許せるものではない……」

久蔵は、厳しく云い放った。

「し、しかし……」

「葉山さま、此以上の足掻《あが》きは葉山家取潰しの元かと……」

久蔵は、兵庫を見据えた。

「葉山家取潰し……」

兵庫は息を飲んだ。

「如何にも。葉山さま、本当の家の恥は孝次郎どのではなく、嫡男の京一郎どのだったようですな……」

久蔵は、凍て付いた兵庫に云い残して書院を後にした。

葉山京一郎、小田源之丞、高木新之助は、評定所から切腹の仕置を受けた。そして、父親の葉山兵庫は家中取締不行届で隠居を命じられ、葉山家は家禄を半減された。

千石取りの旗本になった葉山家は、京一郎の幼い弟が家督を継いだ。

千駄木団子坂の傍の古い小さな茶店には、近所の寺に墓参りに来た者たちが訪れていた。

おさきは、客の相手などをして忙しく働いていた。

久蔵は、野良小屋の陰から塗笠を上げて眺めた。

「忙しそうですね……」

雲海坊は微笑んだ。

「ああ、何よりだ……」

仕事が忙しければ、孝次郎を思い出す刻も少なくなる。

久蔵は、おさきの忙しさが続く事を願った。

家の恥……。

久蔵は、腹立たしさと虚しさを覚えた。

風が吹き抜け、千駄木の田畑の緑が揺れた。

第三話

恨み節

一

朝。

八丁堀岡崎町の秋山屋敷は賑やかだった。

嫡男大助は、妹の小春《こはる》に叩き起こされて朝飯を搔き込み、おふみの作ってくれた弁当を包んだ風呂敷包みを腰にしっかりと結んだ。

「さあ、大助さま、学問所に遅れますよ。急いで下さい……」

「うん……」

大助は、おふみに急かされて久蔵と香織に挨拶をした。

「大助、忘れ物がないようにね」

香織は心配した。

「それはもう、此の通り。では……」

大助は、書籍や矢立《やたて》を包んだ風呂敷を香織に見せ、慌ただしく立ち去った。

「大助、学問所に行くのに書籍を忘れた事があるのか……」

久蔵は眉をひそめた。

「ええ、まあ一度だけですがね……」

香織は苦笑した。

「仕様がない奴だな」

久蔵は呆れた。


大助は、書籍を包んだ風呂敷包みを抱えて屋敷の式台を出た。

下男の与平は、隠居所の傍に置いた縁台に腰掛けてぼんやりと空を眺めていた。

「与平の爺ちゃん、行って来ます」

大助は、与平に声を掛けた。

「これは大助さま、お出掛けですか……」

与平は、皺だらけの顔を綻ばせた。

「うん。学問所に行って来ます」

「そうですか。では、お見送りを……」

与平は、杖を突いて縁台から立ち上がろうとした。

「与平の爺ちゃん、それには及ばない。行って来ます」

大助は、慌てて表門に走った。


表門の前では、太市《たいち》が掃除をしていた。

「行って来ます、太市さん……」

大助は、表門から猛然と駆け出して行った。

「お気を付けて……」

太市は、苦笑して見送った。

秋山屋敷の賑やかな朝は終わった。

「太市さん、御父上がお呼びです」

小春が報せに来た。

「はい。只今……」

太市は、小春と屋敷に戻った。

久蔵は、既に出仕の仕度を終えて茶を飲んでいた。

「旦那さま……」

太市は、久蔵の座敷の前に控えた。

「おう。入ってくれ」

久蔵は、太市を座敷に招いた。

「はい……」

太市は、座敷に入った。

「此奴を向島の隠居に届けてくれ」

久蔵は、一通の書状を太市に差し出した。

向島の隠居とは、先代の柳橋の親分、弥平次の事だった。

「はい。では、出仕のお供をしてから……」

「いや。俺の出仕の供は良い。屋敷の仕事を終えたら直ぐに行き、柳橋の者が行く迄、弥平次とおまきを秘かに警護しろ」

久蔵は命じた。

「心得ました。では……」

太市は緊張を浮かべ、書状を手にして久蔵の座敷から退った。

久蔵は、厳しい面持ちで見送った。


太市は、秋山屋敷の仕事を片付けて表門を閉め、おふみに見送られて向島に向かった。

八丁堀岡崎町から日本橋川に架かる江戸橋を渡り、東西の堀留川を抜けて人形町から浜町に進むと両国広小路に出る。

両国広小路に出た太市は、大川に架かっている両国橋を渡った。そして、本所から大川沿いを向島に急いだ。


隅田川の流れは深緑色だった。

太市は、水戸藩江戸下屋敷の前を通り、向島の土手道を進んだ。

行く手に、長命寺の本堂の大屋根と〝名物桜餅〟と書かれた小旗を軒先に揺らす茶店が見えた。

弥平次と船宿『笹舟』の前女将のおまきの暮らす隠居家は、長命寺の裏手にあった。

太市は、長命寺の横手の小川沿いの田舎道に曲がり、東に進んだ。

背の高い垣根に囲まれた弥平次とおまきの隠居家があった。

太市は、辺りに不審な事のないのを見定めながら垣根の木戸門に進んだ。

下女のおたまが、鬢盥《びんだらい》を手にした女髪結《かみゆい》と一緒に木戸門から出て来た。

「やあ、おたまちゃん……」

太市は笑い掛けた。

「あっ。太市さんじゃありませんか……」

「御隠居さま、いるかな……」

「はい。じゃあ、おこまさん……」

「はい。お内儀さまに宜しくお伝え下さい」

おこまと呼ばれた女髪結は、おたまと太市に会釈をして土手道に向かって行った。

おたまは見送り、隠居家の中に駆け込んだ。

太市は、隠居家に廻された垣根を窺った。

垣根に不審な処はなかった。

「旦那さまからです……」

太市は、弥平次に書状を差し出した。

「確かに……」

弥平次は、久蔵の書状を開けて読み進めた。

「さ、太市……」

おまきは、太市に茶を差し出した。

「畏れ入ります、女将さん……」

太市は、若い頃に船宿『笹舟』に奉公して弥平次とおまきを主と仰いだ事があり、恐縮した。

「それで、奥さまやおふみちゃんに変りはありませんか……」

「はい。大助さまや小春さま、与平さんも達者にしております」

「そりゃあ良かった……」

おまきは微笑んだ。

「はい……」

太市は頷いた。

弥平次は、久蔵の書状を読み終えて小さな吐息を洩らした。

「お前さん、どうかしましたか……」

おまきは眉をひそめた。

「う、うむ。昔、秋山さまとお縄にして島送りにした男が病で死んだと、八丈島から報せがあったそうだ……」

弥平次は、厳しい面持ちで告げた。

「掏摸《すり》の元締、聖天《しょうでん》の長次郎《ちょうじろう》の用心棒ですか……」

和馬は、久蔵に訊き返した。

「うむ。原田伝七郎《はらだでんしちろう》と云う名の浪人でな。長次郎を捕らえようとした岡っ引を斬り、大怪我を負わせて逃げた……」

久蔵は告げた。

「ああ、覚えています、原田伝七郎。うちの親分が伝七郎の情婦《おんな》の女掏摸に張り付いて隠れ場所を突き止め、お縄にした大昔の一件ですね」

幸吉は、弥平次の下っ引になった頃の事件を覚えていた。

「ああ。情婦はおつたと云う名の女掏摸でな。原田伝七郎をお縄にされた時、弥平次に食って掛かり、原田の身に何かあった時には、必ず殺してやると喚いていた……」

久蔵は思い出していた。

「で、原田伝七郎は八丈島に遠島になり、御赦免にもならず二十年以上が過ぎ、病になって死にましたか……」

和馬は眉をひそめた。

「うむ。で、原田伝七郎、死の間際迄、弥平次を恨んでいたそうだ」

「執念深い奴ですね……」

和馬は呆れた。

「八丈島に送られて二十余年。おそらく弥平次への恨みを支えにして生きて来たのかもしれねえな」

久蔵は読んだ。

「秋山さま、情婦のおつたが原田伝七郎の死を知ったら……」

幸吉は眉をひそめた。

「ま、二十年余りも昔の事だ。おつたにしても既に四十歳も過ぎ、いつ迄も原田伝七郎でもあるまいが……」

「とっくに忘れていますか……」

「だったら良いが……」

「万が一の時ですか……」

「ああ……」

久蔵は、厳しさを滲ませた。

「秋山さま……」

幸吉は、微かな焦りを滲ませた。

「柳橋の。向島には太市に書状を持たせて行かせた。弥平次にも抜かりはあるまいが、誰かを行かせるが良い」

「はい。じゃあ、当時の事を知っている雲海坊に新八を付けてやります」

「うむ。それから笹舟も護りを固めろ……」

「はい。じゃあ、和馬の旦那、勇次を残していきますので……」

「うん……」

「では……」

幸吉は、久蔵に会釈をして足早に退出して行った。

「じゃあ、私はおつたを捜しますか……」

「うむ。当時、原田伝七郎とおつたは、浅草今戸で暮らしていた筈だ……」

久蔵は、『掏摸聖天一家始末控』と書かれた古い覚書を和馬に差し出した。

「俺の取越し苦労で済めばいいのだがな……」

久蔵は苦笑した。


柳橋の船宿『笹舟』は、川風に暖簾を揺らしていた。

幸吉は、雲海坊に二十余年前の掏摸聖天一家始末の一件を話した。

「ああ。あの一件か……」

雲海坊は幸吉同様、二十余年前の掏摸の聖天一家始末、用心棒原田伝七郎と情婦のおつたを覚えており、新八を従えて向島に急いだ。

幸吉は、女房のお糸に二十余年前の一件を話して聞かせ、蕎麦屋『藪十《やぶじゅう》』の長《ちょう》八《はち》と清吉に『笹舟』を護らせる事を告げた。

「心得ました……」

お糸は狼狽えもせず、古い懐剣を出して帯の結び目に隠した。

流石《さすが》は武士の血筋だ……。

幸吉は、お糸の実の父親が浪人だったのを思い出した。

お糸は、長八を店の帳場、清吉を裏の台所に詰めさせて護りを固めた。

幸吉は、由松とおつたの行方を追う事にした。

「原田の身に何かあったら、必ずあんたを殺してやる……」

弥平次は、二十余年前におつたが泣き喚いた言葉を忘れてはいなかった。

「そんな。逆恨みじゃあないですか……」

太市は眉をひそめた。

「逆恨みでも、恨みは恨みだよ……」

おまきは、淋しげな笑みを浮かべた。

「ですが、二十年以上も昔の事ですよ」

「太市、女は昔の事をさっさと忘れる者が殆どだけど、偶《たま》にはいつ迄も一途に思い続ける者もいるんだよ」

「じゃあ、そのおつたはいつ迄も一途に思い続ける者だと……」

「そうじゃあないと良いんだけど、かもしれないね……」

おまきは、岡っ引の女房と船宿の女将をして来ただけあって落ち着いていた。

「うん……」

弥平次は頷いた。

「御隠居さま、お内儀さま……」

おたまが戸口にやって来た。

「どうしたんだい……」

「はい。雲海坊さんと新八さんがお出でになりました」

おたまは告げた。

「おう。雲海坊と新八が来てくれたか……」

弥平次は、二人が何しに来たのか気が付いていた。

「御隠居、女将さん、御無沙汰しました。お邪魔しますぜ」

雲海坊と新八が庭先に現れた。

「やあ。雲海坊、新八、良く来てくれたな」

弥平次は労った。

「いいえ。親分の言い付けですよ」

「みんなに変りはないかい……」

おまきは尋ねた。

「はい。お陰さまで達者にしております」

「そりゃあ良かった。ま、お掛けなさいな」

おまきは、茶を淹《い》れに台所に立った。

「で、御隠居、何か変わった事は……」

雲海坊は、縁側に腰掛けながら尋ねた。

「今の処、特に変わった事はない」

弥平次は、小さな笑みを浮かべた。

「そうですか。御苦労だったな、太市。助かったぜ……」

雲海坊は、太市に礼を述べた。

「いいえ……」

「後は柳橋がやる。引き取って秋山さまに報せてくれ」

「ああ。世話になったな、太市。御屋敷に戻って護りを固めるんだな」

弥平次は告げた。

「はい。じゃあ、そうさせて貰います」

太市は、おまきとおたまに挨拶をして秋山屋敷に帰って行った。

「じゃあ、御隠居さま、雲海坊さん、あっしは家の周囲を一廻りして来ます」

新八は、庭先から出て行った。

「御隠居、おつた、本当に未だ逆恨みを続けているんですかね」

雲海坊は眉をひそめた。

「さあて、因果な話だ……」

弥平次は苦笑した。

「ええ。ま、暫《しばら》くあっしと新八が泊まり込みますよ」

「ああ。久し振りに賑やかになるな……」

弥平次は、楽しげな笑みを浮かべた。


浅草今戸町は隅田川の流れ沿いにある。

和馬と勇次は、今戸町の自身番を訪れた。

「原田伝七郎が八丈島で病死した報せは、お上から届いております」

店番は告げた。

「そうか。して昔、原田伝七郎が住んでいた泉福寺《せんぷくじ》裏の家には、おつた、未だ住んでいるのか……」

和馬は尋ねた。

「それが神崎さま、その家は十年も前に取り壊され、今は別の家になっております」

「別の家……」

「はい。ですからおつたさんって方は、手前が自身番の店番になった時には、もう住んでいなかったんですよ」

「じゃあ、原田伝七郎が死んだ事、おつたは知らないのか……」

「はい。少なくともお上からの報せは、直には聞いていない筈ですが……」

店番は眉をひそめた。

「どうした……」

「あの辺りには、昔から住んでいる人が大勢いますから、誰かから聞くかもしれません」

「そうか……」

和馬は頷いた。

「和馬の旦那、悪事千里を走るって云いますから、何処でどう知れるか……」

勇次は眉をひそめた。

二十年以上前に島流しになった原田伝七郎が八丈島で病死した事は、おそらく噂となっておつたの耳に入るのに決まっているのだ。

「うん。で、おつたが何処に引っ越したのか、分かるか……」

「さあ。その頃、自身番に詰めていた家主さんたちは、とっくに代わっていますので……」

店番は、困惑を浮かべた。

「そうか。ならば、原田やおつたがいた頃から住んでいる者を教えて貰おうか……」

和馬は、店番に尋ねた。


向島の土手道の桜並木は、隅田川の川風に梢や葉を揺らしていた。

雲海坊と新八は、隠居家の表と裏に潜んで不審な者が現れるのを見張った。

隠居家には、近在の百姓や川漁師が野菜や魚を売りに来るぐらいで、訪れる者はいなかった。

「どうです、雲海坊さん……」

新八が、表を警戒している雲海坊の許にやって来た。

「うん。変りなしだ」

「おつた、未だ知らないいんじゃあないですかね。原田伝七郎が死んだ事……」

「新八、噂ってのは、どんな処からでも広がるものだ。たとえ八丈島からでもな

「……」

「そんなもんですかね……」

「ああ、そんなもんだ……」

「処で雲海坊さん。おつた、歳の頃は四十過ぎですよね」

「ああ……」

「で、掏摸だった……」

「ああ……」

「でしたら、此処で現れるのを待っているより、掏摸の一味を洗った方が良いんじゃありませんかね」

新八は勢い込んだ。

「新八、そいつに抜かりはない。親分と由松が洗っているよ」

雲海坊は苦笑した。

「そうですか……」

新八は落胆した。

おたまの甲高い悲鳴があがった。

「裏だ……」

雲海坊が見定めた。

新八が萬力鎖《まんりきぐさり》を握り、猛然と裏手に走った。

雲海坊は、錫杖を握り締めて庭に廻った。


庭と座敷には誰もいなかった。

「親分……」

雲海坊は、辺りを油断なく窺いながら弥平次を呼んだ。

「こっちだ。雲海坊……」

台所から弥平次の声がした。

雲海坊は、座敷に上がって台所に急いだ。


台所の板の間では、おまきが震えるおたまを抱き、弥平次が十手を握って身構えていた。

「大丈夫ですか……」

雲海坊が座敷から来た。

「ああ。見知らぬ奴が覗いていたそうだ」

弥平次は、激しく震えているおたまを示した。

「見知らぬ奴……」

雲海坊は、戸の開いている勝手口に寄った。

「新八が追った……」

「そうですか。で、おたま坊、見知らぬ奴ってどんな奴だった」

「紺色の縞《しま》の半纏を着ていました……」

おたまは声を震わせた。

「親分……」

「ああ……」

弥平次は、厳しい面持ちで頷いた。

二

太市は、向島の帰りに南町奉行所の久蔵を訪れた。

「そうか、雲海坊と新八が行ったか……」

「はい。で、今の処、向島の御隠居の処に変わった事はありませんでした」

「そうか。御苦労だった……」

「はい……」

「太市、先に屋敷に戻り、香織とおふみに事の次第を告げて護りを固めろ。で、大助が戻ったら表門に詰めさせるが良い」

久蔵は命じた。

おつたの恨みの鉾先《ほこさき》は、弥平次だけに向けられるとは限らない。遠島の仕置を下した久蔵にも向くかもしれないのだ。

「心得ました。では……」

太市は、久蔵に一礼して用部屋から立ち去った。

久蔵は、厳しい面持ちで見送った。


不忍池中の島弁財天は、参拝客で賑わっていた。

幸吉と由松は、下谷広小路《したや》の雑踏を抜けて上野新黒門町《しんくろもんちょう》の裏通りに進んだ。そして、板塀に囲まれた仕舞屋の前で立ち止まった。

「新黒門町の嘉平《かへい》ですか……」

由松は、板塀に囲まれた仕舞屋を眺めた。

「ああ。じゃあ……」

「はい……」

　幸吉は、由松を残して板塀の木戸門を潜った。

「鬼百合《おにゆり》のおつたか……」

　禿頭《はげあたま》の嘉平は、年老いた顔に小さな笑みを浮かべた。

「ああ。今、何処にいるか知っているかい」

　幸吉は尋ねた。

「幸吉の兄い。俺も歳を取り、足を洗って随分と経ったからねえ……」

　嘉平は小さく笑った。

「足を洗っても掏摸の元締の新黒門町の嘉平だ。たとえ聖天の長次郎一味でも同業の者たちの事は耳に入って来る筈だ」

　幸吉は読んだ。

「柳橋の二代目か……」

　嘉平は苦笑した。

「嘉平……」

幸吉は、嘉平を鋭く見据えた。

「柳橋の二代目。鬼百合のおつたは、浪人の原田伝七郎が弥平次の親分にお縄になり、八丈島に島流しになった後、江戸から姿を消してね……」

「江戸から姿を消した……」

「ああ……」

「何処に行ったのか分からないのか……」

「本当かどうか分からないが、伊豆の下田で原田のいる八丈島に渡ろうとしていたって噂だった……」

「原田のいる八丈島に……」

幸吉は、おつたの原田伝七郎への深い思いを知った。

「ああ。だが、そいつも叶わず、八年後、おつたは江戸に帰って来た。八歳になる娘を連れてね」

「八歳になる娘……」

「ああ……」

「原田伝七郎の子か……」

「きっとな……」

嘉平は頷いた。

「娘の名前は……」

「さあ。何だったか、忘れたな」

嘉平は苦笑した。

「そうか……」

原田伝七郎とおつたには娘がいた。

「そして、おつたは俺に話を通し、再び江戸で稼ぎ始めた……」

「で、今は何処に……」

「さあて、おつたも良い歳になり、今は噂も聞かないよ」

「嘉平、そいつに嘘偽りはないか……」

「ああ。それより二代目、八丈島に流された原田伝七郎、病で死んだそうだね」

嘉平は声を潜めた。

「嘉平、誰に聞いた……」

幸吉は緊張した。

「風の便りって奴だよ……」

「風の便り……」

幸吉は眉をひそめた。

「ああ。どんな渡世にも風は吹き、便りを運ぶからねえ」

嘉平は笑った。

おつたもそうした風の便りで、原田伝七郎の死を知ったのかもしれない。

「そうか……」

「ああ。ま、俺の知っている鬼百合のおつたの事はそれぐらいだよ」

「分かった。造作を掛けたな……」

幸吉は、嘉平を見据えて告げた。


幸吉は、上野新黒門町の嘉平の家を出た。

斜向いの物陰に由松がいた。

幸吉は、何気ない素振りで由松の許に進んだ。

「どうでした……」

「鬼百合のおつたが何処にいるかは知らないそうだ……」

「信用出来ますか……」

由松は、板塀に囲まれた嘉平の家を眺めた。

「いいや……」

幸吉は、首を横に振った。

「じゃあ、張り付きますか……」

由松は苦笑した。

「そうしてくれ。それから由松、おつたには原田伝七郎との間に娘がいるそうだ」

「娘……」

由松は眉をひそめた。

「ああ……」

幸吉は、由松に嘉平との話の仔細を教えた。


浅草今戸町の泉福寺の境内では、近所の子供たちが楽しげに遊んでいた。

和馬と勇次は、浪人の原田伝七郎とおつたの家があった処を訪れた。

家は既に建て替えられ、原田やおつたとまったく拘わりのない者が住んでいた。

和馬と勇次は、原田伝七郎とおつたを知っている者を捜した。だが、二十余年も前に住んでいた原田とおつたを知る者は、容易に見付からなかった。

「二十年も昔の事を知っている人ねえ……」

多くの者は首を捻った。

「泉福寺の和尚さんなら知っているかもしれませんよ」

「そうか、泉福寺の住職か……」

「和馬の旦那……」

「うむ。訊いてみるか……」

和馬と勇次は、泉福寺の庫裏《くり》に向かった。


「和尚さまですか……」

老寺男は、戸惑いを浮かべた。

「はい。ちょいとお尋ねしたい事がありましてね、いらっしゃいますか……」

勇次は訊いた。

「それが生憎《あいにく》、和尚さまは檀家の法事に……」

老寺男は、申し訳なさそうに頭を下げた。

「そうですか……」

勇次は、肩を落とした。

「尋ねるが、和尚はいつから此の泉福寺の住職に……」

和馬は尋ねた。

「はあ。もうかれこれ十年になりますか……」

「十年。じゃあ、二十年前には泉福寺にはいなかったのか……」

和馬は眉をひそめた。

「左様にございますが……」

老寺男は頷いた。

「和馬の旦那……」

「うむ。どうやら無駄なようだな」

「ええ……」

「あの、和尚さまに何か……」

老寺男は、白髪眉をひそめた。

「いや。二十年以上も昔、裏に住んでいた原田って浪人と、おつたと云う者の事を訊きたくてね」

「ああ。原田伝七郎さんとおつたさんの事ですか……」

老寺男は、事も無げに云った。

「うん。えっ、お前、原田伝七郎とおつたを知っているのか……」

「ええ。手前は此の泉福寺に二十年以上おりますので……」

「そうだったか。ならば、原田伝七郎が島流しになった後、おつたがどうしたか知っているか……」

「は、はい。おつたさんは、先代の和尚さまに八丈島に行くにはどうしたら良いか訊きに来ましてね。それから、姿を消してしまいましたよ」

老寺男は告げた。

「和馬の旦那……」

勇次は驚いた。

「ああ。じゃあ、おつたは原田を追って八丈島に行ったのか……」

和馬は眉をひそめた。

「さあ、それはどうですか……」

老寺男は苦笑した。

「行かなかったのか……」

「伊豆の下田から八丈島、お上が御仕置に使う島です。女一人で容易に行ける処じゃありませんよ」

「ならば……」

「ええ。それから何年か後、おつたさんを浅草寺の境内で見掛けましてね」

「浅草寺の境内で、おつたを見た……」

和馬は身を乗り出した。

「はい……」

「その時、おつた、何をしていた……」

「さあ、女の子を連れていましてね。茶店にいましたよ」

「女の子……」

「ええ……」

「で、声は掛けなかったのか……」

「はい。手前も急いでいましたので……」

「そうか。浅草寺の境内だな」

「はい……」

「和馬の旦那、浅草寺に行ってみますか……」

「ああ……」

和馬は、漸く摑んだ僅かな手掛りに手応えを覚えた。

上野新黒門町の嘉平の家に訪れる者はいなかった。

由松は、斜向いの物陰から見張り続けた。

元掏摸の元締の新黒門町の嘉平は、おつたについて何かを知っている……。

幸吉と由松は睨んだ。そして、由松は嘉平の動くのを待った。

嘉平の家を囲む板塀の木戸門が開いた。

動くか……。

由松は見守った。

禿頭の年寄りが、開いた木戸門から現れた。

新黒門町の嘉平……。

幸吉に聞いた嘉平の人相だ。

由松は見定めた。

嘉平は、鋭い眼差しで辺りを見廻し、不審な点がないと見定めて下谷広小路に向かった。

さあて、何処に行く……。

由松は、物陰を出て嘉平を尾行た。

隅田川は緩やかに流れていた。
幸吉は、水戸藩江戸下屋敷の前を抜けて向島の土手道に進んだ。
土手の桜並木は、川風に緑の葉を揺らしていた。
幸吉は、長命寺前の茶店の手前にある小川沿いの田舎道に差し掛かった。
茶店の縁台では、髭面の浪人と紺色の縞の半纏を着た遊び人が何事か話し込んでいた。
向島に似合わない奴らだ……。
幸吉は、浪人と遊び人を横目で見ながら小川沿いの田舎道に曲がった。
小川沿いの田舎道には、長命寺の土塀が続いていた。
幸吉は進んだ。
やがて、長命寺の土塀が途切れ、弥平次とおまきの隠居家の背の高い垣根が続いた。
幸吉は、辺りに不審な者がいないのを見定め、隠居家の木戸門を開けた。
鳴子が鳴った。

幸吉は、木戸門を入って立ち止まった。

雲海坊が、錫杖を手にして庭から現れた。

「俺だ、雲海坊……」

「何だ、親分か……」

雲海坊は苦笑した。


「どうぞ……」

新八は、幸吉に茶を差し出した。

「おう。新八、御苦労だな……」

「いいえ……」

「そうかい。和馬の旦那もおつたを捜してくれているのか……」

弥平次は頷いた。

「ええ。ですが、何分にも二十年以上も昔の事ですから、中々……」

「うむ。面倒を掛けるな……」

「いいえ。で、雲海坊、新八、変わった事はないな……」

幸吉は、縁側に腰掛けていた雲海坊と新八に尋ねた。

「そいつが得体の知れない奴が隠居家を窺っていましてね。新八が追ったんですが、逃げられましたよ」

「得体の知れない奴……」

「ええ。紺色の縞の半纏を着た野郎でしてね。遊び人か博奕打ちって処ですぜ」

新八は、悔しさを露わにした。

「紺色の縞の半纏の野郎……」

幸吉は眉をひそめた。

「親分、見掛けましたか……」

新八は、身を乗り出した。

「髭面の浪人と長命寺の茶店にいたぜ……」

幸吉は告げた。

「野郎、ちょいと見て来ます」

新八は、血相を変えて飛び出して行った。

「雲海坊……」

幸吉は、追えと目配せをした。

「承知……」

雲海坊は、錫杖を手にして足早に新八を追った。

「女将さん、おたま坊……」

幸吉は、十手を握り締めておまきとおたまのいる台所に立った。

弥平次は、喉を鳴らして冷えた茶を飲んだ。


雲海坊は、錫杖の鐶《かん》を鳴らして茶店に駆け付けた。

新八が、茶店の前に亭主と一緒にいた。

「新八……」

「立ち去ったそうですよ。紺色の縞の半纏の野郎と髭面の浪人……」

新八は、悔しげに告げた。


浅草浅草寺の境内は、大勢の参拝客で賑わっていた。

和馬と勇次は、参拝客が行き交う境内を見廻した。

おつたは四十歳過ぎの女掏摸……。

和馬と勇次は、行き交う人々の中にそれらしい女を捜した。

だが、それらしい女と見定めるのは至難の技だ。

「和馬の旦那……」

「うむ……」

和馬は、境内の隅で店を広げている露天商に声を掛けている地廻り観音一家の若い衆を見付けた。

「よし。地廻りだ……」

「はい……」

和馬と勇次は、地廻りの許に急いだ。


「えっ、女掏摸のおつたですかい……」

地廻りは、戸惑いを浮かべた。

「ああ、四十歳過ぎで浅草寺界隈で稼いでる筈なんだが、知らねえかな……」

勇次は尋ねた。

「浅草寺界隈を縄張りにしている四十過ぎのおつたって女掏摸……」

「ああ……」

「さあ、あっしは知りませんが……」

地廻りは首を捻った。

「お前、名前は……」

和馬は、地廻りを見据えた。

「ま、万吉《まんきち》ですが……」

地廻りは名乗り、微かな怯えを過ぎらせた。

「そうか、観音一家の万吉か。万吉、惚けた真似をすると只じゃあすまないよ」

和馬は笑い掛けた。

「えっ……」

「お前も叩けば、埃の舞う身体だろう。地廻り一人、此の世から消すなど、お上には造作もねえ事だ……」

和馬は、笑顔で脅した。

「だ、旦那……」

万吉は怯えた。

「女掏摸のおつた、本当に知らねえんだな」

「は、はい……」

「だったら、此の境内におつたと同業の者はいないかな……」

和馬は、境内を行き交う人を見廻した。

「同業の者ですか……」

万吉は眉をひそめた。

「万吉の名は出さないから安心しな」

和馬は笑い掛けた。

「は、はい。じゃあ……」

万吉は、本堂の前に並ぶ参拝客の中にいる中年の男を示した。

「名は……」

「勘助《かんすけ》です……」

「勘助か。よし、行きな……」

和馬は、万吉を放した。そして、勇次と共に参拝客の中にいる掏摸の勘助に近寄った。

掏摸の勘助は、大店《おおだな》の旦那の背後に並んでいた。

和馬は、勘助の横に並んだ。

勘助は、巻羽織《まきばおり》の和馬に狼狽え、参拝客の列から離れようとした。

勇次がいた。

勘助は怯んだ。

和馬は、勘助の手を素早く摑まえた。

「勘助、面を貸して貰おうか……」

和馬は、笑顔で囁いた。


本堂裏には、境内の騒めきが聞こえていた。

和馬と勇次は、勘助を本堂裏に連れ込んでおつたの事を訊いた。

「おつたさんですか……」

勘助は、おつたを知っていた。

「ああ。おつたを知っているんだな……」

和馬は念を押した。

「へ、へい……」

勘助は、怯えたように頷いた。

「おつた、今、何処にいるんだ……」

「えっ。今、何処って……」

勘助は、怪訝な面持ちになった。

「勘助、旦那はおつたの家は何処だと、訊いているんだ……」

勇次は苛立った。

「へ、へい。でも、おつたさん、二年前に死にましたよ」

勘助は告げた。

「死んだ……」

和馬は驚いた。

「へい……」

「旦那……」

「ああ。勘助、おつたは死んだのか……」

和馬は眉をひそめた。

三

石神井《しゃくじい》用水のせせらぎは煌めき、根岸の里には水鶏《くいな》の鳴き声が響いていた。

新黒門町の嘉平は、下谷広小路から山下を抜けて奥州街道裏道を進み、東叡山寛永寺の北側にある根岸の里に入った。

由松は、嘉平を慎重に尾行た。

嘉平は、石神井用水沿いの小径《こみち》を進み、小さな家を訪れた。

由松は、物陰に隠れて見守った。

嘉平は、小さな家の戸を静かに叩いていた。

小さな家には誰もいないのか、戸が開く事はなかった。

誰の家だ……。

由松は見守った。

嘉平は、小さな家の裏手や庭先に廻った。だが、家には戸締まりがしてあり、人がいる気配はなかった。

嘉平は、誰もいないのを見定め、小さく舌打ちをして来た道を戻り始めた。

由松は、来た道を戻って行く嘉平を見送った。

さあて、誰が住んでいるのか……。

由松は、小さな家の住人が誰か見定める事にした。

陽は西に沈み始めた。


南町奉行所の障子は夕陽に染まった。

和馬は、久蔵に事の次第を報せた。

「おつたが死んでいた……」

久蔵は眉をひそめた。

「はい。二年前に心の臓の病で死んだそうです」

和馬は頷いた。

「間違いないのか……」

「はい。おつたは二年前迄、浅草阿部川町《あべかわちょう》に住んでいましてね。阿部川町の自身番に赴き、事の次第を尋ねた処、おつたが心の臓の病で死んだのは間違いありませんでした」

和馬は告げた。

「そうか、おつたは死んでいたか……」

久蔵は知った。

「はい……」

弥平次を恨んでいたおつたは死んでいた。

ならば、浪人原田伝七郎が八丈島で死んだのを知り、弥平次の命を狙うおつたは既にいなかったのだ。

久蔵は読んだ。

やはり、取越し苦労だったのか……。

久蔵は、微かな戸惑いを覚えた。

「和馬、此の事、柳橋は知っているのか……」

「はい。勇次が報せに走りました」

「そうか……」

弥平次と幸吉は、勇次の報せを受けて警戒を解くかもしれない。

危ない……。

久蔵の勘が囁いた。

「秋山さま、何か……」

和馬は眉をひそめた。

「和馬、此の一件、おつたが死んでいたってので終わるかな」

「秋山さま……」

「幽霊の正体見たり枯尾花。俺たちは本当に影を恐れたのかな……」

久蔵は、小さな笑みを浮かべた。

夕闇に覆われた根岸の里には、塒《ねぐら》に戻って来た鳥の鳴き声が響いた。
由松は、石神井用水の傍の小さな家の周辺にそれとなく聞き込みを掛けた。
髪結のおりん……。
小さな家には、二年前からおりんと云う名の廻り髪結が住んでいた。
おりんは、若いが腕の良い髪結であり、多くの贔屓《ひいき》客の家を廻っていた。
今日も一日、贔屓客の家を廻っているのかもしれない。
由松は、おりんの顔を見定めようと、帰って来るのを待った。
おりんは、女掏摸のおつたと拘わりがあるのか……。
由松は読んだ。
新黒門町の嘉平が訪れたからには、おりんはおつたに拘わりがあるのだ。
ひょっとしたら娘か……。
二十余年前、江戸から姿を消したおつたは、八年後に女の子を連れて戻って来た。
女の子は、おつたと浪人原田伝七郎との間に生まれた娘だった。
その娘が、髪結のおりんなのかもしれない。
見定める……。
由松は、小さな家に住んでいる髪結のおりんが帰って来るのを待った。

根岸の里は夜の闇に覆われ、石神井用水沿いの家々には小さな明かりが灯されていた。


向島の土手道に行き交う人は途絶え、長命寺前の茶店も雨戸を閉めていた。

弥平次とおまきの隠居家は、雨戸を閉めて静まり返っていた。

弥平次、おまき、おたまは、幸吉と共に居間にいた。

そして、木戸門のある表には勇次、庭には雲海坊、裏口には新八が潜んで警戒していた。

弥平次と幸吉は、勇次からおつたが死んでいた事実を聞いた。

おつたは死んでいた……。

弥平次と幸吉は驚いた。そして、微かな安堵と疑念を抱いた。

紺色の縞の半纏を着た男と髭面の浪人は何者なのか……。

弥平次と幸吉は、雲海坊、勇次、新八と相談し、警戒を続けた。

小川には月影が揺れ、虫の音が低く響いていた。

小川沿いの道に、髭面の浪人たち五人と半纏を着た男が現れた。

髭面の浪人たちは、半纏を着た男に誘われて弥平次とおまきの隠居家に忍び寄った。
半纏を着た男は、垣根の木戸門の前に潜んで中の様子を窺った。
髭面の浪人たちは暗がりに潜み、半纏を着た男を見守った。
半纏を着た男は頷き、木戸門の隙間に匕首《あいくち》を差し込んで閂《かんぬき》を外した。
髭面の浪人は、若い浪人を促した。
若い浪人の一人が木戸門の傍に忍び、門扉を押した。
門扉は、微かな軋みを鳴らして開いた。
鳴子が鳴った。
若い浪人と半纏を着た男は驚き、咄嗟に逃げようとした。
次の瞬間、木戸門内に勇次が現れ、逃げようとした若い浪人を六尺棒で鋭く突いた。
若い浪人は脇腹を鋭く突かれ、悶絶して倒れた。
半纏を着た男は、転がるように髭面の浪人たちの許に逃げた。
「おのれ、押込め……」
髭面の浪人たちは、木戸門から押込もうと迫った。
勇次は、六尺棒を振るった。

新八と雲海坊が駆け付けた。そして、萬力鎖を唸《うな》らせ、錫杖の鐶を鳴らした。

髭面の浪人たちは、押し戻された。

「くそっ……」

髭面の浪人たちは焦り、次々と刀を抜き放った。

勇次、雲海坊、新八は、思わず怯んだ。

髭面の浪人たちは、刀を振り廻して木戸門を破ろうとした。

刹那、後ろにいた浪人が呻き、倒れた。

髭面の浪人たちは振り返った。

着流しの久蔵が、竹の棒を手にしていた。

「押込む狙いは弥平次の命か……」

久蔵は苦笑し、髭面の浪人たちに向かって踏み込んだ。

「おのれ……」

浪人たちは、近付く久蔵に斬り掛かった。

久蔵は、竹の棒を鋭く唸らせた。

浪人たちは、次々と久蔵の竹の棒に打ち据えられた。

「誰に頼まれての狼藉《ろうぜき》だ……」

久蔵は、髭面の浪人に迫った。

「ひ、退け……」

髭面の浪人は、身を翻した。

三人の浪人と半纏を着た男は、髭面の浪人に続いて身を翻し、悶絶して倒れている若い浪人を残して逃げ散った。

「秋山さま……」

雲海坊、勇次、新八が木戸門から出て来た。

「みんな、怪我はねえか……」

「はい。お陰さまで……」

雲海坊は笑った。

若い浪人が呻き、気を取り戻した。

「もう少し、眠っていろ」

勇次は、六尺棒で若い浪人の頭を殴った。

若い浪人は、再び気を失った。

「野郎……」

新八は苦笑し、若い浪人に縄を打った。

「ありがとうございました。お陰で助かりました」

弥平次と幸吉は、久蔵に深々と頭を下げて礼を述べた。

「いや。勇次たちで追い返せた。礼には及ばねえ……」

久蔵は笑った。

「秋山さま、どうぞ……」

おまきが、久蔵に茶を差し出した。

「やあ。久し振りに女将の茶を戴くか……」

「ええ。秋山さまにお茶を淹れるなんて、本当に久し振りですよ」

おまきは微笑んだ。

「戴く……」

久蔵は、茶を飲んだ。

「ああ、美味い。女将の茶だ……」

久蔵は笑った。

「ありがとうございます」

「処で秋山さま、あの浪人共……」

弥平次は眉をひそめた。

「うん。誰に頼まれたのか……」

「おつたが死んでいるとなると……」

「ああ。おつたの娘なのかもしれない……」

久蔵は読んだ。

「やはり……」

弥平次と幸吉は頷いた。

「秋山さま、親分……」

勇次がやって来た。

「おう。野郎、気を取り戻したか……」

久蔵は、冷笑を浮かべた。

「はい……」

勇次は頷いた。

「よし……」

久蔵は立ち上がった。

手燭の炎は揺れた。

若い浪人は、後ろ手に縛られて納屋の土間に引き据えられていた。

雲海坊と新八が見張っていた。

勇次が、久蔵、弥平次、幸吉を呼んで来た。

「こちらは南町奉行所の秋山久蔵さまだ」

雲海坊は、若い浪人に教えた。

「えっ。剃刀久蔵……」

若い浪人は、久蔵の評判を知っていたらしく満面に怯えを浮かべた。

「聞いての通り、俺は秋山久蔵だ。お前、名は何て云うのだ……」

久蔵は、若い浪人に笑い掛けた。

「お、小倉虎之助《おぐらとらのすけ》です……」

若い浪人は、声を引き攣らせた。

「口から出任せの偽名じゃあねえだろうな」

幸吉は、若い浪人を厳しく見据えた。

「ほ、本名です。小倉虎之助です」

若い浪人は、必死な面持ちだった。

本名だ……。

久蔵は見定めた。

「よし。小倉虎之助、お前たち浪人を雇ったのは、何処の誰だ……」

「黒川純之進《くろかわじゅんのしん》と博奕打ちの伊助《いすけ》です」

小倉虎之助は観念した。

「黒川純之進とは髭面の浪人か……」

久蔵は読んだ。

「はい……」

「ならば、半纏を着ていた奴が博奕打ちの伊助だな……」

久蔵は念を押した。

「はい……」

虎之助は頷いた。

「して、黒川と伊助は、誰に頼まれてお前たちを雇ったんだ……」

久蔵は、虎之助を厳しく見据えた。

「それは知りません。俺は向島に住んでいる隠居を一人斬るだけだと、黒川に一両で雇われただけです」

虎之助は、声を震わせた。

「虎之助……」

「本当です。俺は黒川に雇われただけで、本当に何も知らないんです」

虎之助は、必死に声を震わせた。

「殺そうとした向島の隠居が誰かもか……」

「はい。黒川に付いて来ただけですから……」

虎之助は、怯えたように弥平次を見た。

「秋山さま、どうやら本当に何も知らないようですぜ」

弥平次は苦笑した。

「ああ。ならば虎之助、黒川純之進と伊助の塒は何処だ……」

久蔵は問い質した。

「し、知りません……」

虎之助は、首を横に振った。

「虎之助、手前……」

幸吉は、虎之助を厳しく睨み付けた。

「本当です。本当に知らないんです」

虎之助は、涙声で必死に訴えた。

「じゃあ、黒川や伊助が屯《たむろ》している処は何処だい……」

久蔵は笑い掛けた。


根岸の里は朝陽に照らされ、石神井用水のせせらぎが軽やかに響いていた。

由松は、時雨《しぐれ》の岡の御行松《おぎようのまつ》の傍にある不動尊の草堂の陰から石神井用水傍の小さな家を見張っていた。

小さな家の主である女髪結のおりんは、昨夜は帰って来なかった。

出直して来るか……。

由松は、柳橋の船宿『笹舟』に一度戻る事にした。


浅草山谷堀《さんやぼり》に架かっている山谷橋の袂《たもと》、新鳥越町《しんとりごえちよう》一丁目の飲み屋『お多福《たふく》』は未だ眠っていた。

久蔵は、和馬、幸吉、勇次を従えて飲み屋『お多福』にやって来た。

昨夜、久蔵は、小倉虎之助から飲み屋『お多福』が髭面の浪人黒川純之進と博奕打ちの伊助が屯する店だと聞き出した。そして、夜明けを待ってやって来た。

久蔵は、和馬と勇次を裏手に廻し、幸吉と表の腰高障子を蹴破った。
店で寝ていた三人の浪人が跳ね起きた。
黒川純之進と一緒に弥平次の隠居家を襲い、逃げた浪人たちだった。
「黒川は何処だ……」
久蔵は笑い掛けた。
浪人の一人が、板場の奥をちらりと見た。
「奥か……」
久蔵は、板場の奥に踏み込もうとした。
「野郎……」
三人の浪人は、刀を抜いて久蔵に斬り掛かった。
久蔵は、一尺五寸程の鼻捻《はなねじ》を振るった。
鼻捻とは〝警棒〟であり、かつては馬を制御する為の道具だった。
幸吉は十手を唸らせた。
三人の浪人は押され、次々に打ちのめされて倒れた。
床が激しく軋み、壁は崩れ、天井から埃が舞い散った。
板場の奥から怒声が響き、下帯に女物の半纏を引っ掛けた黒川純之進が和馬と勇次に追い立てられて来た。

「おう、黒川純之進。みっともねえ形《なり》だな……」

久蔵は苦笑した。

「黙れ……」

黒川は、久蔵に斬り掛かった。

久蔵は、僅かに身体を開いて黒川の刀を躱し、鼻捻を唸らせた。

鈍い音が鳴り、黒川の鼻から血が飛んだ。

黒川は怯んだ。

和馬と勇次が襲い掛かった。

黒川は和馬に押さえ付けられ、鼻血に汚した顔を畳に擦り付けた。

勇次は、黒川に素早く捕り縄を打った。

「黒川、お前、誰に頼まれて浪人を集め、向島の隠居の命を狙ったのだ……」

久蔵は、黒川の髷を鷲摑みにして容赦なく引き起こした。

「伊助だ。博奕打ちの伊助に頼まれた……」

黒川は海老反りになり、苦しく顔を歪めた。

「博奕打ちの伊助だと……」

「ああ。向島の隠居を殺す話は、伊助が持ち込んで来た話だ……」

黒川は、鼻血を流して苦しげに告げた。

「ならば、博奕打ちの伊助は何処にいるのだ」

久蔵は、黒川を厳しく見据えた。

鼻血が滴り落ちた。

四

本所回向院《えこういん》裏松坂町《まつざかちょう》一丁目の裏通りに甚兵衛《じんべえ》長屋はあった。

博奕打ちの伊助は、甚兵衛長屋に住んでいる……。

久蔵は、黒川純之進から訊き出し、和馬や幸吉たちと甚兵衛長屋に急いだ。

だが、甚兵衛長屋の家に伊助はいなく、薄汚い蒲団と火鉢などの僅かな調度品があるだけで冷え冷えとしていた。

「伊助の野郎、風を食らいやがったか……」

和馬は吐き棄てた。

「ああ。おそらく戻りはしねえだろう」

久蔵は睨んだ。

「ええ……」

幸吉は頷いた。

「柳橋の。勇次に伊助の立ち廻りそうな処を洗わせろ」

「承知……」

「和馬、黒川純之進たちを締め上げろ」

「心得ました」

久蔵は、素早く手配りをした。


柳橋の船宿『笹舟』は、暖簾を川風に揺らしていた。

久蔵は、幸吉と共に船宿『笹舟』に戻った。

『笹舟』の店の帳場には長八が座り、眼を光らせていた。

「こりゃあ秋山さま……」

長八は、久蔵と幸吉を迎えた。

「やあ、長八、変わりはないようだな」

久蔵は、長八に笑い掛けた。

「お陰さまで。秋山さまもお変わりなく……」

「ああ……」

「親分、由松が待っていますぜ」

「何処だ……」

「台所で飯を食って休んでいます」

長八は、帳場の裏の小部屋を示した。


仮眠を取っていた由松は、顔を洗って幸吉と久蔵の前に来た。

「で、新黒門町の嘉平はどうした……」

「はい……」

由松は、新黒門町の嘉平が根岸の里に住んでいるおりんと云う廻り髪結の家に行った事を告げた。

「廻り髪結のおりん……」

幸吉は眉をひそめた。

「ええ。ですが、おりんは留守で嘉平は帰りましてね。あっしはおりんがどんな女か面を拝もうと張り込んだのですが、一晩中帰って来ませんでした」

由松は告げた。

「由松、廻り髪結のおりん、歳の頃は幾つぐらいなのだ……」

久蔵は訊いた。

「何でも二十歳を幾つか過ぎたぐらいで、二年程前から石神井用水の傍にある家で一人で暮らしています」

「二十歳過ぎで、二年前からか……」

久蔵は眉をひそめた。

「はい……」

由松は頷いた。

「柳橋の。二年前と云えば、おつたが心の臓の病で死んだ年だな」

「はい。おつたが浅草阿部川町で死んだ二年前、おりんが根岸の里に引っ越しましたか……」

幸吉は読んだ。

「ああ……」

「じゃあ、やっぱり……」

由松は眉をひそめた。

「ああ。おりんと云う廻り髪結、おそらくおつたの娘だろう……」

久蔵は睨んだ。

廻り髪結のおりんは、女掏摸のおつたと浪人の原田伝七郎との娘なのだ。そして、二年前に死んだ母親おつたの恨みを引き継ぎ、博奕打ちの伊助を使って晴らそうとしているのだ。

母娘二代に渡る恨み節か……。

久蔵は苦笑した。

幸吉は、由松に博奕打ちの伊助と黒川純之進たち浪人が弥平次の隠居家を襲ってからの事を話して聞かせた。

「そいつ、おりんの企みなんですか……」

由松は緊張を滲ませた。

「ああ。きっとな……」

久蔵は読んだ。

「じゃあ、昨夜は失敗しても、おりんは未だ御隠居を……」

「間違いあるまい……」

母娘二代の恨み、簡単に諦める訳はない。

久蔵は眠んだ。

「うむ。由松、お前は引き続き、根岸の里のおりんを見張ってくれ」

幸吉は命じた。

「承知……」

「俺は、勇次と博奕打ちの伊助を追う」

幸吉は告げた。

久蔵は、南町奉行所に戻る事にした。


伊助は何処に潜んだのか……。

勇次は、伊助が出入りしていた賭場の博奕打ちに尋ね歩いた。

だが、伊助の居場所を知る博奕打ちは容易に見付からなかった。

勇次は、本所回向院裏松坂町の木戸番屋で一休みしていた。

「どうだ、勇次……」

幸吉がやって来た。

「そいつが中々。伊助の野郎、何処に潜り込んだか……」

勇次は、腹立たしげに告げた。

「そうか……」

　幸吉は眉をひそめた。

　船宿『笹舟』は、神田川に架かっている柳橋の北詰にある。

　清吉は、船宿『笹舟』の周囲を掃除しながら不審な者がいないか警戒した。

　深編笠の武士が柳橋に佇み、船宿『笹舟』を眺めていた。

　誰だ……。

　清吉は、深編笠の武士を一瞥し、表の掃除をして店に戻った。

　店の帳場では、女将のお糸と長八が何事かを話していた。

「女将さん、親方……」

「深編笠の侍か……」

　長八は、店の外に見える柳橋に佇んでいる深編笠の武士に気が付いていた。

「はい……」

　清吉は頷いた。

「今、女将さんと相談していたんだが、ひょっとしたら向島の御隠居を狙っている一味かもしれねえ」

「はい。向島を襲って失敗したので、こっちを狙っているんじゃあないですかね」

清吉は睨んだ。

「清吉、狙いは向島の御隠居だよ……」

長八は苦笑した。

「清吉、お父っつあんを狙っている奴は、笹舟を狙っていると思わせて、向島の護りを手薄にする企みかもしれないわよ」

お糸は読んだ。

「あっ、そうか。向島の護りを手薄にして又、襲おうって魂胆ですか……」

清吉は、緊張に喉を鳴らした。

「きっとね……」

お糸は頷いた。

「清吉、俺も女将さんの睨み通りだと思うぜ」

「はい。じゃあ……」

「ええ。笹舟は私と長八の親方、清吉の三人で護り続けます。いいわね」

お糸は微笑んだ。

「はい……」

清吉は頷いた。

「じゃあ、長八のおじさん、私は平次を見て来ます。此処をお願いします」

「おう。引き受けた」

長八は頷いた。

お糸は、落ち着いた足取りで奥に入って行った。

「良い度胸ですね、女将さん……」

清吉は感心した。

「ああ。お侍の家の生まれだけあって、子供の頃から良い度胸だったぜ」

長八は笑った。

深編笠の武士は、未だ柳橋の上に佇んで船宿『笹舟』を窺っていた。

「清吉、野郎から眼を離すな。もし、妙な真似をしたら呼び子笛を鳴らして騒ぎ立てろ」

長八は命じた。

「合点です……」

清吉は、威勢良く頷いた。

根岸の里は小鳥の囀りに溢れていた。

由松は、石神井用水の流れの傍にあるおりんの家を窺った。

おりんの家は雨戸が開けられ、人がいる様子だった。

おりんが戻っている……。

由松は、石神井用水の流れ越しにおりんの家を見張り始めた。

おりんは、家の中から容易に姿を見せる事はなかった。

由松は見張った。


向島の弥平次とおまきの隠居家は、雲海坊と新八によって護られていた。

弥平次、おまき、おたまは、一度の襲撃を追い返したからと云って油断する事もなく、辺りに気を配っていた。

雲海坊と新八は、長命寺門前の茶店の亭主、野菜や川魚を売りに来る百姓や川漁師たちに不審な者が彷徨《うろつ》いていないか尋ね、いたら報せてくれと頼んだ。

茶店の亭主、百姓、川漁師たちは、不審な者は彷徨いていなく、見掛けたら直ぐに報せると約束してくれていた。

雲海坊と新八は、護りを出来る限り固めた。

幸吉と勇次は、伊助が出入りしていた賭場の三下を見付けた。

「伊助の兄いですか……」

三下は眉をひそめた。

「ああ。見掛けなかったかな……」

勇次は尋ねた。

「いえ。昨夜遅くですが、谷中の賭場に来ましたよ」

三下は、屈託なく答えた。

「昨夜来た……」

勇次は訊き返した。

「へい……」

三下は頷いた。

「伊助、昨夜遅く、谷中の賭場に現れ、遊んで行ったのか……」

「ま、形ばかり遊んで、後はお客の浪人や渡世人と酒を飲んでいましたぜ」

三下は告げた。

「親分……」

勇次は眉をひそめた。

「ああ。伊助の野郎、黒川に代わる新手の食詰め浪人を捜していやがるようだな」

幸吉は睨んだ。

「ええ……」

勇次は頷いた。

「それで今、伊助が何処にいるか知っているかい……」

「さあ、相良《さがら》の旦那と出て行ったから……」

三下は首を捻った。

「相良の旦那……」

「ええ。相良紋十郎《もんじゅうろう》って背が高くて痩せていて、時々血の臭いをさせている浪人ですよ」

三下は、恐ろしそうに首を竦《すく》めた。

「その相良紋十郎、塒は何処だ……」

幸吉は、厳しい面持ちで尋ねた。

石神井用水傍にある小さな家に出入りする者はいなく、おりんは潜んだままだった。
由松は見張り続けた。
禿頭の年寄りが、石神井用水沿いの小径をやって来た。
元掏摸の元締の新黒門町の嘉平だ。
由松は見定めた。
嘉平は、おりんの家の戸を叩き、中に声を掛けた。
僅かな刻が過ぎ、戸が開いた。
嘉平は、戸の開いた家に入った。
由松は、物陰から出ておりんの家の庭先に廻った。
雨戸の開けられた縁側の奥の座敷は、障子が閉められていた。
由松は庭先に忍び込み、障子の閉められた座敷を窺った。
刹那、障子に赤い血が飛び散った。
由松は驚いた。
嘉平の呻き声がし、倒れ込む音がした。
由松は緊張した。

どうした……。

由松は、障子を開けた。

匕首を握った嘉平が血を流して倒れており、若い女が戸口から駆け出して行った。

由松は、追って座敷を駆け抜けようとした。

「た、助けてくれ……」

嘉平が苦しげに呻いた。

由松は、思わず立ち止まった。

「助けて……」

肩と腹から血を流した嘉平は、縋るように云って気を失った。

今、放って置けば必ず死ぬ……。

由松は迷い躊躇った。

「くそっ。しっかりしろ、嘉平……」

由松は、気を失った嘉平の傷の手当てを始めた。

南町奉行所は暮六つが近付き、門番や小者たちが表門を閉める仕度を始めた。

久蔵は、迎えに来た太市と表門を出た。

「そうですか、女掏摸のおつたは死んでいて、向島の御隠居の命を狙っているのは娘なんですか……」

「ああ。おりんと云う名で二十歳過ぎだそうだ……」

「おりん、二十歳過ぎですか……」

「ああ。で、髪結を生業《なりわい》にしているって話だ」

「髪結……」

太市は眉をひそめた。

「ああ。どうかしたか……」

「いえ。最近、何処かで廻り髪結に逢ったような気がして……」

「そうか……」

「それで旦那さま、その娘のおりんが博奕打ちの伊助を使って食詰め浪人を雇い、向島の御隠居を……」

「ああ。此からも狙い続けるだろうな……」

久蔵は睨んだ。

「そうですか……」

久蔵と太市は、外濠に架かっている数寄屋橋を渡り、夕暮れの堀端を八丁堀の屋敷に向かった。

「秋山さま……」

和馬と勇次が、背後から駆け寄って来た。

「どうした……」

「博奕打ちの伊助の居場所、柳橋と勇次が突き止めましたよ」

和馬は告げた。

「よし……」

久蔵は、冷笑を浮かべた。


夕暮れ時の不忍池には、塒に帰る鳥の鳴き声が響いていた。

幸吉は、不忍池の畔、茅町二丁目の奥にある小さな寺を見張っていた。

小さな寺の本堂裏の家作に浪人相良紋十郎が住み、博奕打ちの伊助を匿《かくま》っている。

幸吉は見張った。

博奕打ちの伊助が、背の高い痩せた浪人と小さな寺から出て来た。
伊助と相良紋十郎……。
幸吉は、不忍池の畔に向かう伊助と相良を追った。
何処に行くのだ……。
幸吉は読んだ。
まさか、向島では……。
幸吉は、焦りを覚えた。

伊助と相良紋十郎は、不忍池の畔を進んだ。
幸吉は尾行た。
伊助と相良は立ち止まり、木陰に入った。
四人の男が行く手から足早にやって来た。
幸吉は、四人の男を透かし見た。
四人の男は、勇次、久蔵、和馬、太市だった。
伊助と相良は木陰に潜み、勇次、久蔵、和馬、太市を遣り過ごそうとしている。
幸吉は読み、呼び子笛を吹き鳴らした。

久蔵は、木陰に潜んでいる伊助と相良に気が付いた。

相良が木陰から現れ、久蔵と対峙《たいじ》した。

「お前が相良紋十郎だな」

久蔵は、鋭く見据えた。

「ああ。南町奉行所の秋山久蔵か……」

「如何にも……」

久蔵は笑った。

相良は、抜き打ちの一刀を放った。

久蔵は飛び退いた。

伊助は逃げた。

「伊助……」

和馬と勇次が追った。

相良は、久蔵に猛然と斬り掛かった。

久蔵は、後退し続けて間合いを保った。

相良は、嵩《かさ》に掛かって斬り付けた。

刹那、久蔵は大きく踏み込んで刀を鋭く一閃した。

相良は、咄嗟に躱した。
久蔵は、尚も鋭く斬り付けた。
相良は、必死に刀を振るった。
久蔵と相良は、激しく斬り結んだ。
砂利が弾け、草が千切れ、刃が咬み合い火花が散った。
幸吉は十手、太市は萬力鎖を握り締め、久蔵と相良の斬り合いを見守った。
久蔵は、大きく飛び退いた。
相良は、猛然と久蔵に迫り、上段からの一刀を放った。
久蔵は、踏み込んで刀を横薙ぎに一閃した。
閃光が交錯した。
久蔵と相良は、擦れ違って残心の構えを取った。
幸吉と太市は、息を詰めて見守った。
相良は、刀を構えたまま横に倒れた。
久蔵は、残心の構えを解いた。
幸吉は、倒れた相良に駆け寄った。
相良は絶命していた。

「死んでいます……」

幸吉は見定めた。

「そうか……」

久蔵は、刀に拭いを掛けて鞘に納めた。

不忍池の畔に静けさが戻った。


博奕打ちの伊助は、和馬と勇次に捕らえられた。

和馬と幸吉は、おりんの居場所を吐かせようと厳しく責めた。だが、伊助はおりんの居場所を知らなかった。

和馬と幸吉は見定めた。


元掏摸の元締新黒門町の嘉平は、由松のお陰で辛うじて命を取り留めた。

嘉平は、死んだおつたに頼まれて八丈島に流された浪人原田伝七郎の消息を調べていた。そして、おつたが病死した後は、原田の消息をおりんに報せていた。

おりんは、原田伝七郎の死を嘉平から聞き、柳橋の弥平次の命を狙い始めた。

おりんがお縄になれば、己も厳しく罪を問われる。

嘉平は焦り、おりんを逸早《いち》く始末しようとした。しかし、おりんは嘉平の企みに気付き、先手を打って刺し、逃げたのだ。


伊助も嘉平もおりんの行方を知らない……。

おりんは、今でも柳橋の弥平次の命を狙っている。

久蔵、和馬、幸吉たちは、焦りを覚えずにはいられなかった。

「旦那さま……」

太市は、緊張した面持ちで久蔵の許にやって来た。

「どうした……」

「はい。廻り髪結の若い女と出逢った処を思い出しました」

「そいつは何処だ……」

「はい。向島の御隠居の家で……」

「何……」

久蔵は眉をひそめた。

「御隠居に旦那さまの手紙を届けに行った時、廻り髪結のおこまって若い女が女将さんの髪を結いに……」

太市は告げた。

「太市、向島だ……」

久蔵は立ち上がった。


隅田川には様々な船が行き交っていた。

長命寺裏の隠居家は静かだった。

廻り髪結のおこまは、鬢盥を提げて隠居家の木戸門にやって来た。

「今日《こんにち》は、髪結のおこまです……」

おこまは、木戸門越しに隠居家に声を掛けた。

「はい……」

おまきが返事をし、庭から出て来た。

「あっ、女将さん、今日は……」

「あら、おこまちゃん、どうぞ……」

おまきは、閂を外して木戸門を開けた。

「はい。お邪魔します」

「じゃあ、庭から廻りますか。さあ……」

おまきは、木戸門を閉めておこまを庭に誘った。

「はい……」

おこまは、庭に向かうおまきに続いた。


「さあ、どうぞ。今、お茶を……」

おまきは、縁側から居間に上がり、台所に行った。

「はい。お邪魔します」

おこまは縁側に上がり、辺りを見廻した。

「今日、御隠居さまは……」

「その辺にいますよ」

おまきの声が台所からした。

「やあ……」

弥平次が、隣の座敷から縁側に出て来た。

「あっ、お邪魔しています、御隠居さま……」

おこまは、鬢盥の中の剃刀を握り締めた。

「私も髪を結って貰おうかな……」

弥平次は、小さな白髪髷を摘んで笑った。
「はい。お安い御用ですよ」
おこまは微笑み、弥平次に握り締めた剃刀で斬り付けた。
刹那、座敷の障子の陰から現れた久蔵がおこまを突き飛ばした。
おこまは、縁側から庭に弾き飛ばされた。
幸吉、雲海坊、新八、太市が庭に現れておこまを取り囲んだ。
おこまは焦り、縁側の弥平次を睨み付けた。
縁側では、久蔵が弥平次を庇《かば》っていた。
「髪結おこまことおつたの娘のおりんだな」
久蔵は、おりんを厳しく見据えた。
次の瞬間、おりんは握り締めた剃刀で己の首の血脈を斬ろうとした。
雲海坊は、おりんの背後から剃刀を握る手を錫杖で鋭く打ち据えた。
「あっ……」
おりんは短い悲鳴をあげ、握り締めていた剃刀を思わず落とした。
太市と新八は、おりんを素早く押さえた。
おりんは、覚悟を決めたのか抗わなかった。

「おりん、弥平次は役目を果たしただけで恨むのは筋違いだ。それに、二十年以上も昔の事で若い身を滅ぼそうってのは、感心しねえな……」

久蔵は苦笑した。

「逆恨みなのは分かっていますよ。でも、でも、死んだおっ母さんが残したたった一つの願いなんですよ」

おりんは涙を零した。

「おりん、願いを叶えてやるのが親孝行なら、死んだ原田伝七郎とおつたの供養を続けるのも親孝行だ……」

久蔵は言い聞かせた。

おりんは、母親おつたのように弥平次を恨み続けるのか、それとも逆恨みとして棄て去るのか……。

それは、おりん自身未だ分からなく、涙を零し続けるしかない。

何れにしろ、おつたからおりんの母娘二代に渡って続いた恨み節は此迄だ。

久蔵は、涙を流し続けるおりんに哀れみを覚えずにはいられなかった。

向島の田畑の緑は、隅田川からの川風に静かに揺れていた。

第四話
隠し顔

一

雨はいきなり降り出した。

南町奉行所定町廻り同心の神崎和馬は、岡っ引の柳橋の幸吉や下っ引の勇次と見廻りの途中、湯島天神で急に降り出した雨を避けて境内の茶店に駆け込んだ。

茶店には、雨宿りの先客がいた。

幸吉は、茶店の老亭主に茶を頼んだ。

「酷い雨ですね……」

勇次は、手拭で濡れた顔を拭きながら恨めしそうに空を見上げた。

「ああ。通り雨だろう……」

和馬、幸吉、勇次は、茶を飲みながら雨宿りをする事にした。

湯島天神境内に雨は降り続いた。

和馬は、老亭主の持って来た茶を飲みながら雨の降り続く境内を眺めた。

紺色の蛇《じゃ》の目《め》傘を差した女が、雨の降り続く境内にやって来た。

女の顔は紺の蛇の目傘に隠れているが、着物や身のこなしから見て年増だ。

和馬は見守った。

紺の蛇の目傘の年増は、境内を抜けて本殿の東側にある女坂に向かって行った。

そして、女坂を降りる時、紺の蛇の目傘を僅かに傾けて振り返った。

細面の三十歳前後の年増……。

和馬は見た。

細面の年増は微笑んだ。

和馬は戸惑った。

細面の年増は、一瞬の微笑みを残して女坂を下りて行った。

和馬は、腰掛けている縁台の左右にいる客を見た。

本殿と反対側にある鳥居を眺めている隠居。腹立たしげに降る雨を見ている行商人。話し込んでいる二人のお店の旦那衆。そして、茶を飲んでいる幸吉と勇次だ。
細面の年増が微笑み掛けたと思える相手は、此と云っていない。
となると俺か……。
細面の年増は、俺に微笑んだのか……。
しかし、細面の年増は初めて逢う女であり、知り合いでも何でもないのだ。
ならば、細面の年増が微笑んだのは、偶々そう見えただけなのかもしれない。
勘違い……。
思い過ごし……。
そうだ。思い過ごしなのだ。
和馬は苦笑した。
四半刻（三十分）が過ぎ、雨は小降りになった。
行商人や二人のお店の旦那衆は、茶店から足早に出て行った。
「やっぱり通り雨でしたね……」
勇次は、縁台から立って背伸びをした。
「ああ。じゃあ和馬の旦那。そろそろ行きますか……」
幸吉は、和馬に見廻りの再開を促した。

「うむ……」

和馬は、冷えた茶の残りを飲み干して縁台から立ち上がった。

男の悲鳴があがった。

「親分、和馬の旦那……」

勇次は焦った。

「勇次、東の坂の方だ……」

和馬は、男坂と女坂に走った。

幸吉と勇次が続いた。


本殿の東側は崖であり、小さな鳥居を潜ると急な男坂と緩やかな女坂がある。

和馬、勇次、幸吉は、小さな鳥居を潜って雨に濡れた男坂と女坂を見た。

女坂の下には、行商人が腰を抜かして震えており、傍に派手な羽織を着た初老の男が倒れていた。

和馬、幸吉、勇次は女坂を駆け下り、倒れている派手な羽織を着た初老の男の様子をみた。

派手な羽織を着た初老の男は、着物の腹に血を染み込ませて死んでいた。

和馬は、血に染まった腹を調べた。

「和馬の旦那……」

「ああ。腹を刺されて死んでいる」

和馬は見定めた。

「ええ。血の染まり具合から見て、雨が降っている時に刺されたようですね」

幸吉は読んだ。

「うむ。で、誰が殺《や》ったのか見たか……」

和馬は、腰を抜かしている行商人に尋ねた。

「いいえ。手前が来た時には、倒れてもう死んでいました……」

行商人は、恐怖に嗄れ声を震わせた。

幸吉と勇次は、女坂の周囲を見廻した。

数人の野次馬が集まり始めていた。

「誰か見た人はいませんかい……」

勇次は、野次馬に尋ねた。

野次馬は顔を見合わせるだけで、声をあげる者はいなかった。

不意に降り出した雨の所為で人々は家や物陰に入り、女坂の周囲には誰もいなくなっていたのだ。

「じゃあ、どんな事でもいいんだが、何か気が付いた事はありませんかね……」

勇次は、野次馬に聞き込みを始めた。

自身番の店番と木戸番が駆け付けて来た。

「これは神崎さま、柳橋の親分……」

店番と木戸番は、和馬と幸吉に挨拶をした。

「うむ。仏の面を拝んでくれ……」

和馬は、店番と木戸番に派手な羽織を着た初老の男の顔を見るように促した。

「は、はい……」

店番と木戸番は、恐る恐る派手な羽織を着た初老の男の死に顔を覗き込んだ。

「あっ……」

木戸番は、短い声をあげた。

「知っている奴か……」

和馬は尋ねた。

「は、はい……」

「何処の誰だ……」

「太鼓持《たいこもち》の常八《つねはち》さんです」

木戸番は告げ、店番は頷いた。

「太鼓持の常八か。間違いないな」

和馬は念を押した。

「はい。間違いありません……」

店番は頷き、常八に手を合わせた。

〝太鼓持〟とは、客の機嫌を取り、酒の相手をして座を盛上げる生業の者を云い、幇間《ほうかん》とも呼ばれている。

派手な羽織の初老の男は、太鼓持の常八だった。

「和馬の旦那、親分……」

勇次が、和馬と幸吉の許に駆け寄って来た。

「何か分かったか……」

「殺しを見た者はやはりおりませんが、立ち去って行く者を見た人がいました」

「立ち去って行く者……」

「はい……」

「どんな奴だ……」

「それが、紺色の蛇の目傘を差した女だそうです」

勇次は告げた。

「紺色の蛇の目傘を差した女……」

和馬は眉をひそめた。

振り返って微笑んだ年増……。

和馬は、紺色の蛇の目傘を差した年増が女坂を下りて行ったのを思い出した。

「はい……」

勇次は頷いた。

「よし。勇次、その紺色の蛇の目傘の女の足取り、追ってみな」

幸吉は命じた。

「はい。じゃあ……」

勇次は立ち去った。

「それで、太鼓持の常八さん、家は何処ですかい……」

幸吉は、店番と木戸番に訊いた。

「は、はい。妻恋町《つまごいちょう》だと聞いております」

「そうですか。和馬の旦那……」

「うん。妻恋町に行ってみるか……」

和馬と幸吉は、自身番の店番と木戸番に後の始末を任せ、殺された太鼓持の常八の家に向かった。

陽が差し、通り雨で濡れた町は煌めいた。


勇次は、紺色の蛇の目傘を差した女の足取りを追った。

雨の降る人気《ひとけ》の少ない通りを行った女を追う手立ては、紺色の蛇の目傘だけだった。

勇次は、荒物屋や煙草屋などの店番に聞き込みを掛け、紺色の蛇の目傘の女の足取りを追った。

紺色の蛇の目傘を差した女は、不忍池に向かっていた。

勇次は、女の足取りを追って不忍池の畔にやって来た。だが、女の足取りは消えた。

おそらく雨が止み、差していた紺色の蛇の目傘を閉じたのだ。

勇次は読んだ。

紺色の蛇の目傘を閉じた女には、取り立てて目立つ事もないのだ。

不忍池の畔をどっちに行ったのか……。

勇次は、不忍池の畔を見廻した。


長屋の軒先から雨の雫が滴り落ちた。

和馬と幸吉は、妻恋町の木戸番利吉《りきち》に誘われて木戸に椿《つばき》の木のある椿長屋を訪れた。

「太鼓持の常八さんの家は此処ですよ……」

木戸番の利吉は、椿長屋の一番手前の家を指差した。

「此処か……」

和馬と幸吉は、椿長屋の一番手前の家を眺めた。

「はい……」

「常八、此処で一人暮らしをしていたのか……」

和馬は尋ねた。

「はい……」

利吉は頷いた。

「よし。入ってみよう」

「はい……」

幸吉は、常八の家の腰高障子を開けた。

常八の家は狭く薄暗かった。

和馬と幸吉は、家の中を見廻した。

壁際に畳まれた蒲団と行李、火鉢と小さな卓袱台《ちゃぶだい》、長押《なげし》に掛けられた派手な着物。そして、台所の流しには茶碗と箸、竈《かまど》には残り飯の入った釜などがあった。

狭い家の中に物は少なく、綺麗に片付けられていた。

「一人暮らしにしては片付けられていますね」

「うん。良い歳だからな……」

和馬は頷いた。

「で、利吉さん、常八ってのは、どんな人だったのかな……」

「聞く処によりますと、親の後を継いだ瀬戸物屋の旦那でしたが、遊びが過ぎて店を潰しそうになり、お内儀さんと子供に追い出されて太鼓持になったとか……」

利吉は告げた。

「成る程、遊び人が昂じての太鼓持か……」

「良く聞く話ですね」

幸吉は苦笑した。

「ああ。して、常八が誰かに恨まれていたって事はなかったかな……」

和馬は尋ねた。

「さあ。常八さん、旦那上がりの人の良さで、他人を騙したり汚い真似もせず、恨まれるような人じゃあなかったと思いますがね」

利吉は眉をひそめた。

「そうか、恨みを買うような人柄じゃあないか……」

「はい……」

「じゃあ、誰かに狙われているような気配はなかったかな……」

「はい。なかったと思いますが……」

「そうか。ならば常八の贔屓客には、どんな者がいたのか分かるか……」

「さあ、そこ迄は……」

利吉は、困惑を浮かべた。

「知らぬか……」

「はい。ですが、それなら太鼓持仲間の音松《おとまつ》さんに訊けば、分かるかも……」

「太鼓持仲間の音松か……」

「はい。常八さんと親しかったようですよ」

「和馬の旦那……」

「うむ。その太鼓持の音松、何処にいるのかな……」

和馬は、木戸番の利吉に笑い掛けた。


南町奉行所の用部屋には、夕陽が差し込んでいた。

「して、太鼓持の音松、贔屓客の旦那のお供で出掛けていたのか……」

久蔵は眉をひそめた。

「ええ。連雀町の家にはおかみさんしかいませんでしてね。今夜は何時に戻るか分からないそうで、明日出直すことにしました」

和馬は告げた。

「そうか。ま、殺された太鼓持の常八の事が詳しく分かると良いのだが……」

「はい……」

「で、今の処、常八殺しに拘りがありそうな者は、紺色の蛇の目傘を差した年増か……」

「はい。勇次が足取りを追ったのですが、不忍池の畔迄しか辿れなかったそうです」

「うむ……」

「柳橋は、明日から人数を増やして足取りを辿ると……」

「うむ。して和馬、太鼓持の常八殺しの一件、どう読む……」

久蔵は尋ねた。

「今の処、常八はお店の旦那あがりで人柄も良く、恨まれるような者ではないようでしてね……」

「そして、財布は残されており、物盗りでもないか……」

「はい……」

和馬は頷いた。

「となると、偶々何者かの秘密を知り……」

久蔵は読んだ。

「口封じに殺されましたか……」

和馬は眉をひそめた。

「かもしれねえって事だ」

久蔵は苦笑した。

「はい。で、その何者かってのは、常八を贔屓にしている旦那の誰かかも……」

和馬は睨んだ。

「ああ。何れにしろ太鼓持の音松だな……」

久蔵は頷いた。


八丁堀北島町にある地蔵橋の南の袂を入った処に、神崎和馬が妻の百合江と暮らす組屋敷はあった。

和馬は、数寄屋橋御門内の南町奉行所を出て組屋敷に戻った。

「お帰りなさいませ……」

「うむ、今帰った……」

和馬は、百合江に迎えられて奥の座敷に入り、着替えて台所の板の間に向かった。

板の間の囲炉裏端の横座には、燗のついた徳利と醬油の掛けられた豆腐の小鉢が置いてあった。

土間の竈では鍋が湯気を上げ、百合江が忙しく料理を作っていた。

やって来た和馬が囲炉裏端の横座に座ろうとした時、土間の勝手口の傍に紺色の傘があるのに気が付いた。

「お先にどうぞ……」

百合江は、料理を作りながら告げた。

「うん……」

和馬は、土間に下りて紺色の傘を開いた。

傘は、鮮やかな紺色の蛇の目だった。

「百合江、この紺色の蛇の目傘は……」

和馬は眉をひそめた。

「えっ……」

百合江は、怪訝な面持ちで振り返った。

「此の紺の蛇の目、お前の傘か……」

和馬は、紺色の蛇の目傘を百合江に見せた。

「ああ。その蛇の目ですか……」

「うん……」

「その蛇の目は、浜町《はまちょう》のお志麻《しま》さんの忘れ物ですよ」

百合江は微笑んだ。

「浜町のお志麻さん……」

浜町のお志麻とは、百合江が娘の頃から仲良くしている御家人の娘であり、今は浜町の御家人の家に嫁いでいる女だ。

「ええ。今日、蛤《はまぐり》を持って来てくれましてね。帰りは雨もすっかり止んでいて、忘れて帰って行ったのですよ」

百合江は、出来上がった野菜の煮染や蛤の吸い物などを囲炉裏端に運んだ。

「お志麻さんの忘れ物……」

「ええ……」

「そうか……」

和馬は、囲炉裏端に戻って横座に座った。

「どうぞ……」

百合江は、和馬に酌をした。

「うむ……」

和馬は、徳利を取って百合江に酌をした。

「すみません……」

「うん。じゃあ……」

和馬と百合江は、酒を飲み始めた。

「それで旦那さま、蛇の目傘がどうかしたのですか……」

「う、うむ。今日、太鼓持が殺されてな。あの紺色の蛇の目と同じ傘を差した女が拘っているようなのだ」

「紺色の蛇の目傘を差した女が……」

百合江は眉をひそめた。

囲炉裏に掛けられた鉄瓶が、湯気を噴き上げ始めた。

二

紺の蛇の目傘を持っている女など大勢いる。

勇次は、新八や清吉と不忍池の畔から紺色の蛇の目傘の女の足取りを探した。

だが、雨が止んで紺色の蛇の目傘を閉じたと思われる女の足取りを探すのは容易ではない。

勇次、新八、清吉は探し続けた。


神田連雀町は、神田八ツ小路から続く八つの道の一つにあった。

和馬と幸吉は、連雀町に住む太鼓持の音松の家に急いだ。

太鼓持の音松は、裏通りの路地奥の家に古女房と二人で住んでいた。

「南の御番所の神崎さまと柳橋の親分さんですか……」

音松は、怪訝な面持ちで和馬と幸吉に向かい合った。

「うむ。他でもない、音松は同業の常八と親しいそうだな……」

和馬は尋ねた。

「は、はい。常八さんが何か……」

音松は、微かな戸惑いを浮かべた。

常八が殺されたのを知らない……。

和馬と幸吉は知った。

「うむ。実はな、昨日、湯島天神の女坂で殺されてな」

「えっ。常八さんが殺された……」

音松は驚き、素っ頓狂な声をあげた。

「うむ……」

「旦那、親分さん、常八さん、誰にどうして殺されたんですか……」

音松は狼狽えた。

「音松さん、そいつは未だでしてね。それで、常八さんを恨んでいた者や揉めていた者に心当りはありませんか……」

幸吉は、狼狽える音松を落ち着かせるように穏やかに尋ねた。

「常八さんを恨んでいる者や揉めている者ですか……」

「ええ……」

「さあ。常八さんは人が好くて穏やかな人でして、手前の知る限りでは、人と揉めたり恨みを買うような事はなかったかと……」

音松は告げた。

「ならば音松、常八を贔屓にしていた旦那や客がいれば教えて貰いたい……」

和馬は尋ねた。

「常八さんの旦那や御贔屓ですか……」

「うむ。知っているな……」

「そりゃあもう。室町の呉服屋の御隠居さまに人形町の薬種問屋の旦那さまなどがおいでになりますが……」

音松は頷いた。

「よし。音松、その辺りを詳しく聞かせてくれ……」

和馬と幸吉は身を乗り出した。


不忍池の畔には、散策を楽しむ人が行き交っていた。

勇次、新八、清吉は、不忍池の畔にある古い茶店で落ち合った。

「どうだ……」

勇次は、新八と清吉に団子を振る舞った。

「駄目ですね、勇次の兄貴。紺の蛇の目傘も雨が止んで閉じれば、紺の棒のようなもんで余り目立ちませんからね」

新八は、団子を食べて茶を啜った。

「そうだなあ……」

「兄貴、昨日は不意の通り雨。傘を持たないで出掛けた人が多い中で、しっかりと紺の蛇の目傘を差していたとなると……」

清吉は読んだ。

「雨が降り出してから外に出たか……」

勇次は読んだ。

「きっと……」

「昨日、雨は降り始めてから、四半刻程で止んだ。って事は……」

「紺色の蛇の目傘の女は、女坂界隈に住んでいる女かもしれませんね」

新八は読んだ。

「うん。よし、もう一度、女坂を中心に湯島天神界隈から聞き込みをやり直してみよう」

勇次は決めた。

日本橋室町の呉服屋『丸菱屋《まるびしや》』の隠居の吉右衛門《きちえもん》と人形町の薬種問屋『大黒堂《だいこくどう》』主の伝次郎《でんじろう》……。

太鼓持の常八を贔屓にしていたのは、主にその二人だった。

和馬と幸吉は、室町の呉服屋『丸菱屋』の隠居の吉右衛門を訪れた。

呉服屋『丸菱屋』の離れは、日本橋通りに近いとは思えぬ程に静かだった。

「そうですか、常八が殺されましたか……」

隠居の吉右衛門は、老いた顔を哀しげに歪めて手を合わせた。

「何か心当たりはないかな……」

和馬は訊いた。

「心当り……」

「恨まれていたとか、揉めていたとか……」

「さあ、私は存じません……」

「知らぬか……」

「常八は穏やかで人が好く、太鼓持にしては、浮ついた世辞もお愛想も云わず、大した芸のない者ですが、一生懸命に座を盛り上げようとしましてね。私は太鼓持としてより、飲み仲間のつもりでいましたよ」

吉右衛門は眼を瞑《つぶ》った。

「そうか……」

和馬は頷いた。

「御隠居さま、常八さん、何か気になる事は云っていませんでしたか……」

幸吉は尋ねた。

「気になる事……」

「ええ。何かを見たとか、聞いたとか……」

幸吉は、吉右衛門の言葉を待った。

「そう云えば、常八。人は見掛けによらないものだと云っていたかな……」

吉右衛門は首を捻った。

「人は見掛けによらない……」

幸吉は眉をひそめた。

「うむ……」

吉右衛門は頷いた。

「柳橋の……」

和馬は眉をひそめた。

「はい。御隠居さま、常八は誰の事を云っていたのか分かりますか……」

「いいや……」

吉右衛門は、首を横に振った。

「分かりませんか……」

「ああ。他人の事は、見ざる、聞かざる、云わざる、忘れるのが一番だと、いつも私が常八に云っていましてね……」

「そうですか……」

「ああ。人は誰でも他人に見せたくない隠し顔を持っている。そいつは出来るだけ、見ないようにしろとな……」

吉右衛門は告げた。

「隠し顔……」

「ならば御隠居、ひょっとしたら常八、誰かの隠し顔を見た為に……」

和馬は読んだ。

「きっとね……」

吉右衛門は頷いた。

「和馬の旦那……」

「うむ……」

太鼓持の常八は、誰かの隠している一面を見てしまった。それ故、口封じに殺されたのかもしれない。

和馬と幸吉は睨んだ。

湯島天神女坂界隈……。

勇次、新八、清吉は、湯島天神の周囲の町に紺色の蛇の目傘を持っている女を捜した。

新八と清吉は、門前町、坂下町、切通町《きりどおしちょう》などの木戸番に聞き込みを掛けた。

「紺色の蛇の目傘を差している女かい……」

切通町の木戸番は、戸惑いを浮かべた。

「ええ。雨の降る日に見掛けたりした事はありませんか……」

清吉は尋ねた。

「そりゃあ、紺色の蛇の目傘を差している女、幾らでも見掛けているんだろうけど……」

「ええ……」

清吉は、喉を鳴らして木戸番の次の言葉を待った。

「でも、改めて訊かれると、何処の誰かは分からないんだな……」

木戸番は首を捻った。

「分からない……」

清吉は眉をひそめた。

「ああ。通り掛かった紺色の蛇の目傘を差している女に何処の誰だと、一々訊く事もないからなあ……」

「そうか……」

清吉は肩を落とした。

「清吉……」

新八が駆け寄って来た。

「新八……」

清吉は迎えた。

「どうだ……」

「中々難しいな……」

「そうか。坂下町も同じだぜ」

新八は、微かな苛立ちを過ぎらせた。

「紺色の蛇の目傘ですか……」

湯島天神同朋町《どうぼうちょう》にある傘屋の亭主は、戸惑った面持ちで訊き返した。

「ええ。紺色の蛇の目傘を持っている女、知っていますか……」

勇次は尋ねた。

「そりゃあ、うちで買ってくれた女の人は知っているけど……」

傘屋の亭主は眉をひそめた。

「そいつが誰か、教えてくれませんか……」

勇次は、傘屋の亭主に食い下がった。


日本橋室町から東に進むと東西の堀留川があり、尚も行くと人形町になる。

人形町の通りに薬種問屋『大黒堂』はあった。

和馬と幸吉は、薬種問屋『大黒堂』を訪れて主の伝次郎がいるか尋ねた。

薬種問屋『大黒堂』伝次郎は在宅し、和馬と幸吉を座敷に通した。

和馬は、伝次郎に太鼓持の常八が殺された事を知っているか訊いた。

「はい。太鼓持の常八が殺されたのは、昨夜、不忍池の畔の料理屋で聞き、そりゃあ驚きました……」

伝次郎は、微かな怯えを滲ませた。

「そうか。で、常八が殺された事に何か心当たりはないかな……」

和馬は尋ねた。

「さあ。心当りと仰られましても、常八は人が好くて穏やかで、他人に恨まれたりするような者ではなく、どうも……」

伝次郎は首を捻った。

「心当りはないか……」

「はい……」

伝次郎は頷いた。

太鼓持の常八は、呉服屋『丸菱屋』の吉右衛門や薬種問屋『大黒堂』の伝次郎などの贔屓客に聞いても、恨みを買って殺されるような者ではなかった。

人は見掛けによらないものだ……。

常八、やはり誰かの思いも寄らぬ姿を見てしまい、それが故に口を封じられたのかもしれない。

和馬と幸吉は読んだ。

ならば、常八が誰かの思いも寄らない姿を見たのは何処なのか……。

先ずは、太鼓持として御贔屓の旦那のお供をして出入りしている料理屋が考えられる。

「じゃあ、お尋ねしますが、旦那は常八をお供に何処の料理屋に良く行っていたのか、教えて戴けますか……」

幸吉は、伝次郎に尋ねた。

「それなら、池之端《いけのはた》の松乃家《まつのや》と仁王門前町の若菜《わかな》が主でしてね。他には花川戸《はなかわど》や浜町の料理屋にも行きますが……」

「常八と最後に行った料理屋は何処ですか……」

「そりゃあもう、池之端の松乃家と仁王門前町の若菜ですよ」

伝次郎は告げた。

「池之端の松乃家と仁王門前町の若菜ですね」

幸吉は念を押した。

「はい……」

伝次郎は頷いた。

「和馬の旦那……」

「うむ。処で伝次郎、常八、知っている者の思わぬ姿を見たようなのだが、何か知らないかな……」

「えっ。知っている者の思わぬ姿ですか……」

伝次郎は眉をひそめた。

「ああ……」

和馬は、伝次郎を見詰めた。

「さあ。何も聞いてはおりませんが……」

伝次郎は、首を捻った。

「そうか、聞いていないか。邪魔したな伝次郎……」

和馬は苦笑した。


湯島天神の西、春木町《はるきちよう》三丁目には小旗本や御家人の組屋敷が連なっていた。

勇次は、湯島天神同朋町の傘屋から紺色の蛇の目傘を買った女を尋ね歩いた。

紺色の蛇の目傘を買った女の二人は、太鼓持の常八が殺された通り雨の時、出掛けていなく家にいた。

それは、紺色の蛇の目傘が開かれていなかったと云う事だ。

勇次は、同朋町の傘屋に聞いた三人目の女の処に向かった。

三人目の女は、春木町三丁目の組屋敷に住む佐川《さがわ》と云う御家人の妻女だった。

此処かな……。

勇次は立ち止まり、連なる組屋敷の辻にある屋敷を眺めた。

板塀に囲まれた屋敷からは、微かに薬湯の匂いが漂って来ていた。

病人がいる……。

勇次は読んだ。

行商の小間物屋が、大きな荷物を担いで斜向いの組屋敷から出て来た。

勇次は、辻を曲がって本郷通りに向かう行商の小間物屋を追った。

行商の小間物屋は、勇次に呼び止められて怪訝な面持ちで振り返った。

「ちょいと訊きたい事があってね……」

勇次は、行商の小間物屋に十手を見せた。

「えっ、何か……」

小間物屋は、戸惑いを浮かべた。

「うん。今出て来た屋敷の斜向いの薬湯の匂いの漂う組屋敷だが、誰の組屋敷か知っているかな……」

「あそこは、佐川倉之介《くらのすけ》さまの御屋敷ですよ」

小間物屋は知っていた。

「そうか。やはり佐川さまの御屋敷か……」

勇次は、小間物屋に素早く小粒を握らせた。

「此奴はどうも……」

小間物屋は、嬉しげに小粒を握り締めた。

「それで、佐川さまの御屋敷には病人がいるのかい……」

勇次は、小間物屋がいろいろ知っていると睨んだ。

「ええ。聞く処によれば、佐川さまは胃の腑に質の悪い腫物が出来る病だそうですよ」

小間物屋は声を潜めた。

「へえ。胃の腑に質の悪い腫物か……」

勇次は眉をひそめた。

「ええ。罹ったら治らない死病だそうで、御新造さまも大変ですよ。ま、子供がいないのがせめてもの救いですがね……」

小間物屋は、佐川家の御新造に同情した。

「その御新造さま、名前は分かるかな……」

「菊乃《きくの》さまと仰いますが……」

「菊乃さま……」

「ええ……」

「佐川菊乃さまか……」

勇次は知った。

御家人の妻の佐川菊乃は、紺色の蛇の目傘を持っているのだ。

勇次は、次にすべき事を思案した。

佐川菊乃は、常八が殺された通り雨の降った日、紺色の蛇の目傘を差して出掛けたのかどうかだ。

太鼓持の常八と拘りがあるかどうかは、その次だ。

先ずは、通り雨が降った日に出掛けたかどうか、突き止めなければならない。

さあて、どうする……。

勇次は、微かに薬湯の匂いの漂って来る佐川屋敷を眺めた。

三

下谷広小路は賑わっていた。

池之端の料理屋『松乃家』と仁王門前町の料理屋『若菜』は、室町の呉服屋『丸菱屋』の隠居吉右衛門も馴染の料理屋だった。

太鼓持の常八は、吉右衛門や伝次郎のお供をして料理屋『松乃家』と『若菜』に出入りをしていた。

和馬と幸吉は、池之端の料理屋『松乃家』を訪れた。


「どうぞ……」

料理屋『松乃家』の女将のおせんは、和馬と幸吉に茶を淹れて差し出した。

「此奴はすまないね……」

「戴きますよ」

和馬と幸吉は、茶を飲んだ。

「それで神崎さま、柳橋の親分さん、常八さんの事ですか……」

女将は読み、和馬と幸吉に不安げな眼を向けた。

「ああ。太鼓持の常八、此処に室町の丸菱屋の吉右衛門や人形町の大黒堂の伝次郎のお供で良く来ていたそうだな」

和馬は茶を飲み、湯呑茶碗を置いた。

「そりゃあもう。吉右衛門の御隠居さまや伝次郎の旦那さまには、随分と御贔屓にされていましたよ」

「うむ。それで尋ねるのだが、常八、吉右衛門の御隠居と此処に来た時、何か驚いた様子を見せなかったかな……」

和馬は尋ねた。

「吉右衛門の御隠居さまのお供で来た時……」

「うむ……」

「何かに驚いた様子ですか……」

女将は、戸惑いを浮かべた。

「ああ。誰かを見てな……」

「誰かを見て……」

女将の戸惑いは、困惑に変わった。

「うむ。常八、誰かを見て、人は見掛けによらないと、驚いていなかったかな……」

和馬は、女将を見詰めた。

「誰かを見て、人は見掛けによらない……」

女将は眉をひそめた。

「うむ。そして、常八、驚いていなかったかな……」

「さあ、私は見掛けた覚えはありませんが……」

女将は首を捻った。

「そうか……」

「でも、いつもお座敷に付く仲居が見ているかもしれません。呼んで来ますか……」

女将は訊いた。

「うむ。呼んでくれ」

和馬は頼んだ。

「はい。じゃあ、ちょいとお待ちを……」

女将は、和馬と幸吉を残して居間から出て行った。

「和馬の旦那……」

「うむ。常八が人は見掛けによらないものを見たのは、仁王門前町の若菜かもしれないな」

和馬は読んだ。

「ええ……」

幸吉は頷いた。

「あの……」

若い仲居が戸口に現れた。

「ああ、吉右衛門の御隠居さまのお座敷の仲居かな……」

幸吉は笑い掛けた。

「はい。女将さんに云われて参りました。おくみと申します」

若い仲居は名乗った。

「おくみか。ま、入ってくんな……」

幸吉は招いた。

「はい……」

おくみは、居間に入って襖《ふすま》を閉めた。

「さあて、おくみ、太鼓持の常八、松乃家には吉右衛門の御隠居や大黒堂の伝次郎の旦那と来ていたそうだが、おくみは伝次郎の座敷にも付いているのかな」

和馬は尋ねた。

「いえ。私は吉右衛門の御隠居さまのお座敷だけです」

「ほう。伝次郎の座敷には付かないのか……」

和馬は、おくみに怪訝な視線を向けた。

「はい……」

おくみは俯いた。

「そうか……」

おくみは、伝次郎と何か気まずい事でもあって座敷に付かないのかもしれない。

幸吉は読んだ。

「で、太鼓持の常八だが、此処に吉右衛門の御隠居と来た時、誰かの思わぬ姿を見て驚いたようなのだが、知っているか……」

「さあ……」

おくみは、戸惑いを浮かべた。

「知らないか……」

「申し訳ございません……」

　おくみは詫びた。

「いや。詫びる事はない」

　和馬は苦笑した。

「処でおくみ、吉右衛門の御隠居と伝次郎の旦那が鉢合わせする事はないのかな」

　幸吉は尋ねた。

「はい。それは滅多にございませんが……」

「そうか……」

「あっ、そう云えば、いつでしたか常八さん、御隠居さまと此処で待ち合わせをして、先に来た時、笑っていましてね」

「笑っていた……」

　幸吉は、戸惑いを浮かべた。

「はい。それで、どうしたのか訊いたら、来る途中で面白いものを見たと……」

「来る途中で面白いもの……」

「はい……」

「柳橋の……」

和馬は、厳しさを過ぎらせた。

「ええ。その面白いものが、人は見掛けによらない事かもしれませんね」

幸吉は読んだ。

「うん。そうか、常八、此処に来る途中の何処かで、面白いものを見たか……」

和馬は頷いた。

「おくみ、常八は面白いものが何か喋らなかったか……」

「男と女です」

「男と女……」

幸吉は眉をひそめた。

「はい。常八さん、所詮は男と女、面白いって……」

おくみは、悪戯っぽく笑った。

「和馬の旦那、此の界隈には出合茶屋が幾つかあります。常八は此処に来る途中、知っている者が出合茶屋に入って行くのを見たのかもしれません」

幸吉は睨んだ。

「うん。その知っている者が、人は見掛けによらないって事か……」

和馬は読んだ。

「はい。男か女かは分かりませんがね」

「ああ。ひょっとしたら紺色の蛇の目傘を差した年増かもしれないな」

「で、見られた事を吹聴されるのを恐れ、あの通り雨の時、口を封じましたか……」

「うむ……」

和馬と幸吉は、漸く常八殺しの大筋らしき事を摑んだ。

春木町三丁目の組屋敷街に人通りは少なかった。

勇次は、新八と清吉を呼び、御家人佐川倉之介の妻菊乃の身辺の探索に集中した。

勇次、新八、清吉は、佐川菊乃についてそれとなく聞き込みを掛けた。

一膳飯屋は空いていた。

勇次、新八、清吉は、浅蜊のぶっかけ飯を掻き込んだ。

「佐川菊乃が紺色の蛇の目傘を差しているのを見た事のある者は、大勢いますね」

　清吉は告げた。

「ああ。で、肝心なのは、佐川菊乃が通り雨が降った時、湯島天神女坂界隈で見掛けられた女かどうかだ……」

　勇次は、探索の厳しさを読んだ。

「そいつをどうやって見定めるかですね」

「うん……」

「それにしても佐川倉之介さま、胃の腑に質の悪い腫物が出来る病とは大変ですね」

　新八は眉をひそめた。

「ああ。聞く処によれば、のたうち廻る程の凄い痛みだそうでな。酷くなるとどんな薬も効かなくなるそうだ」

　勇次は、佐川倉之介に同情した。

「じゃあ薬代、大変でしょうね」

　清吉は心配した。

「ああ。幾ら子供がいなく、夫婦二人で慎ましく暮らしていても、病人がいる限り、金は幾らあっても足りないかもな……」

　勇次は、浅蜊のぶっかけ飯を食べ終えて茶を飲んだ。

　幸吉は、老練な雲海坊と由松に事の経緯を教え、不忍池界隈の出合茶屋を調べるように命じた。

　雲海坊と由松は、出合茶屋の馴染客を割り出し、その中に太鼓持の常八と拘りのある者を捜す事にした。

　和馬は、南町奉行所に戻って久蔵に分かった事を報告した。

「そうか。太鼓持の常八は、誰か知っている者が出合茶屋に入るのを見たかもしれないのか……」

　久蔵は笑った。

「はい。そいつが、常八が隠居の吉右衛門に云った、人は見掛けによらないものだと思われます」

　和馬は告げた。

「うむ。して、見掛けられた者が常八の口を封じたか……」

「おそらく……」

「ならば、紺色の蛇の目傘を差していた女が見掛けられた者かもしれぬな」

「はい。常八と紺色の蛇の目傘を差した女は、おそらく知り合いだった……」

和馬は読んだ。

「それとも、知り合いは男の方か、或いは男と女の両方か……」

久蔵は眉をひそめた。

「ええ……」

「して、紺色の蛇の目傘を差した女、何処の誰か分かったのか……」

「今、勇次たちが捜していますが、かなり難しいようです」

「そうか、勇次たちがな……」

久蔵は、小さな笑みを浮かべた。


「御家人の佐川倉之介さまの御新造……」

幸吉は眉をひそめた。

「はい。佐川菊乃さまと仰いまして、勇次の兄貴が見付けましてね。紺色の蛇の目傘を持っているのは間違いありません」

清吉は告げた。

「そうか。で、どんな女だい、その佐川菊乃さまは……」

「そいつが、亭主の佐川倉之介さま、胃の腑に質の悪い腫れ物が出来る死病を患っているそうでしてね……」

「死病……」

幸吉は眉をひそめた。

「はい。御新造の菊乃さまも大変でしょうね」

清吉は、菊乃に同情した。

「そうか、死病を患っている亭主を持った御新造か……」

幸吉は、厳しさを滲ませた。

雲海坊と由松は、料理屋『松乃家』界隈の出合茶屋を尋ね歩いた。そして、三軒目の出合茶屋『鶯《うぐいす》や』を訪れた。

出合茶屋『鶯や』の前では、老下足番の茂平《もへい》が掃除をしていた。

「やあ、茂平の父っつあん……」

雲海坊と由松は、老下足番の茂平と古馴染みだった。

「おう。雲海坊、由松……」

老下足番の茂平は、雲海坊と由松の素性を知っていた。

「父っつあん、ちょいと訊きたい事があってな……」

雲海坊は笑い掛けた。

「なんだい……」

茂平は、掃除の手を止めた。

「父っつあん、太鼓持の常八、知っているかな……」

雲海坊は訊いた。

「ああ。殺された瀬戸物屋の旦那あがりの太鼓持なら知っているぜ」

茂平は、常八が殺されたのを知っていた。

「近頃、逢ったのはいつだい」

雲海坊は苦笑した。

「十日ぐらい前だったかな、来たのは……」

「その時、常八、何しに来たのかな……」

「うん。出合茶屋に来た客が誰か確かめにな」

「客が誰か確かめに……」

雲海坊は眉をひそめた。

「ああ……」

茂平は、皺の中に眼を埋めて笑った。

「父っつあん、そいつが誰か教えてくれねえかな……」

由松は、茂平に素早く小粒を握らせた。

「おっ、此奴はすまねえな……」

茂平は、老顔を崩して小粒を握り締めた。

「で、常八が確かめに来た客は何処の誰だい」

由松と雲海坊は、茂平を見据えた。

「お店の旦那が年増と来てな。常八が追って来て、今入ったお店の旦那、人形町の薬種問屋大黒堂の伝次郎の旦那だなって……」

茂平は告げた。

「大黒堂の伝次郎旦那……」

由松は念を押した。

「ああ……」

「そうか、太鼓持の常八は、贔屓客の薬種問屋大黒堂の伝次郎旦那が年増と出合茶屋に入ったのを見たのか……」

雲海坊は読んだ。

「雲海坊の兄貴……」

「ああ……」

雲海坊と由松は、太鼓持の常八が見た事に辿り着いた。


太鼓持の常八が〝人は見掛けに寄らない〟と云っていた相手は、人形町の薬種問屋『大黒堂』の主伝次郎だった。

伝次郎は、太鼓持の常八を可愛がり、贔屓にしていた。そして、常八は伝次郎が年増と出合茶屋『鶯や』に入るのを見掛け、下男の茂平に訊いて見定めた。

見られた事を知った伝次郎は、通り雨に人通りの途絶えた湯島天神女坂で常八を刺し殺したのかもしれない。

和馬と幸吉は、雲海坊の報せを受けて薬種問屋『大黒堂』主の伝次郎を詳しく調べる事に決めた。


人形町の薬種問屋『大黒堂』は繁盛していた。

和馬と幸吉は、物陰から薬種問屋『大黒堂』を眺めた。

「和馬の旦那、親分……」

由松が現れた。

「おう。御苦労さん……」

幸吉は労った。

「こっちです……」

由松は、和馬と幸吉を誘った。


蕎麦屋の二階の座敷からは、薬種問屋『大黒堂』の表が見えた。

雲海坊と由松は、蕎麦屋の亭主に頼んで座敷を見張り場所に借りた。

「旦那の伝次郎、出掛けもせずにいますよ」

雲海坊は、窓から薬種問屋『大黒堂』を見張ったまま告げた。

「そうか……」

和馬は頷き、雲海坊の隣に座って薬種問屋『大黒堂』を眺めた。

「どうぞ……」

由松は、和馬と幸吉に茶を淹れた。

「おう、すまないな……」

幸吉は茶を啜った。

「大黒堂伝次郎か。何も知らないと惚けやがって……」

和馬は眉をひそめた。

「伝次郎、表面は鷹揚で穏やかな旦那ですが、裏では何をしているか……」

雲海坊は苦笑した。

「その辺の評判はどうなんだ……」

幸吉は尋ねた。

「奉公人たち、本音じゃあ決して良く云っていませんよ」

由松は、小さく笑った。

「そうか……」

幸吉は頷いた。


「邪魔をする……」

着流しの久蔵は、塗笠を取って船宿『笹舟』の暖簾を潜った。

「これは秋山さま……」

お糸は、怪訝な面持ちで帳場から現れた。

「おう。お糸……」

「秋山さま、幸吉は和馬の旦那たちと出掛けておりますが……」

「うむ。して、勇次たちは何処かな……」

久蔵は尋ねた。

四

春木町の佐川屋敷からは、微かな薬湯の匂いが漂っていた。

勇次は、斜向いの路地から佐川屋敷を見張っていた。

今の処、菊乃が出掛ける事はなかった。

「おう……」

塗笠を被った着流しの久蔵が、路地の出入口に現れた。

「秋山さま……」

勇次は気が付いた。

「此の組屋敷か、紺色の蛇の目傘の女らしいのがいるってのは……」

久蔵は、佐川屋敷を眺めた。

「はい、御家人の佐川倉之介さまの御屋敷でして、紺色の蛇の目傘の女らしいのは、御新造の菊乃さまです」

「佐川菊乃か……」

久蔵は眉をひそめた。

「はい。ですが、太鼓持の常八が殺された通り雨の日に出掛けていたかどうかは未だ……」

勇次は、微かな焦りを滲ませた。

「はっきりしないか……」

「はい。今、新八と清吉が聞き込みを掛けて調べていますが……」

「そうか。して、此の薬湯の匂い、佐川屋敷から漂っているのか……」

久蔵は、漂っている薬湯の匂いに気付いた。

「はい……」

勇次は頷いた。

「誰か具合が悪いのか……」

「はい。旦那の佐川倉之介さま、胃の腑に質の悪い腫物が出来る死病だそうでしてね。その煎じ薬の匂いだと思います」

勇次は告げた。

「胃の腑に腫物が出来る死病か……」

久蔵は、かつて胃の腑に腫物が出来て死んだ者を知っていた。

胃の腑に質の悪い腫物が出来る病は、激痛に襲われて七転八倒した挙げ句、死に至るとされていた。

「死病に効く薬湯などない。それなのに薬湯の匂いとは……」

久蔵は、微かな戸惑いを覚えた。

「少しは効くのか、それとも気休めか……」

勇次は読んだ。

「うむ……」

久蔵は頷いた。

佐川屋敷の木戸門が開いた。

久蔵と勇次は、素早く路地に身を潜めた。

開いた木戸門から武家の女が出て来た。

「御新造の佐川菊乃です」

勇次は告げた。

「うむ……」

久蔵は頷いた。

佐川菊乃は、辺りを見廻して本郷の通りに向かった。

「よし。追うよ……」

久蔵は、菊乃を追った。

勇次は続いた。


本郷通りには多くの人が行き交っていた。

菊乃は、本郷通りを湯島に向かった。

久蔵と勇次は追った。

菊乃は、湯島から明神下の通りに抜け、神田川に架かっている昌平橋を渡った。

「何処に行くんですかね……」

勇次は眉をひそめた。

「さあてな……」

久蔵は、菊乃を追った。

菊乃は、神田八ツ小路から神田須田町の通りに進んだ。

「日本橋か……」

久蔵は、菊乃の行き先を読んだ。


薬種問屋『大黒堂』主の伝次郎は、店から出る事はなかった。

和馬、幸吉、雲海坊、由松は見張り続けた。

「伝次郎、動きませんねえ……」

雲海坊は苦笑した。

「ああ……」

幸吉は頷いた。

「此のままじゃあ、埒《らち》が明きませんぜ……」

由松は、微かな苛立ちを過ぎらせた。

「柳橋の、雲海坊、由松。何だか妙だと思わないか……」

和馬は眉をひそめた。

「和馬の旦那、妙ってのは……」

幸吉は尋ねた。

「柳橋の。大黒堂伝次郎、女と出合茶屋に行ったのを見られたぐらいで舞い上がり、常八を殺すかな……」

和馬は首を捻った。

「えっ……」

「伝次郎は、御贔屓の太鼓持がいるぐらいの遊び人だ。そんな旦那が女と出合茶屋で遊ぶのを知られて慌てるとは思えない……」

「そう云われればそうですね……」

幸吉は眉をひそめた。

「じゃあ、太鼓持の常八が人は見掛けによらないと思った相手は、大黒堂の伝次郎ではなくて一緒に出合茶屋に行った女の方ですかい」

雲海坊は眉をひそめた。

「違うかな……」

和馬は頷いた。

「紺色の蛇の目傘を差した女ですか……」

幸吉は読んだ。

「ああ。太鼓持の常八は、女が何処の誰か知っていて、伝次郎と出合茶屋に入ったのを見て、人は見掛けによらないと驚いた。そして、女は常八に知られたと気が付き……」

「通り雨の日、湯島天神女坂で常八を刺し殺しましたか……」

幸吉は読んだ。

「うむ……」

和馬は頷いた。

「和馬の旦那、親分……」

薬種問屋『大黒堂』を見張っていた由松が緊張を滲ませた。

「どうした……」

「秋山さまと勇次です……」

由松は告げた。

「秋山さまと勇次……」

和馬と幸吉は、薬種問屋『大黒堂』を眺めた。

久蔵と勇次は、物陰から薬種問屋『大黒堂』の表を見詰めていた。

和馬と幸吉は、久蔵と勇次の視線の先を辿った。

視線の先には、薬種問屋『大黒堂』の前に佇む武家女がいた。

「秋山さまと勇次、あの武家女を追って来たようですね」

幸吉は読んだ。

「きっとな……」

和馬は頷いた。

見覚えがある……。

和馬は、佇む武家女の顔に見覚えがあった。

湯島天神で紺色の蛇の目傘を差して振り返った年増……。

和馬は、武家女が紺色の蛇の目傘を差していた年増だと気が付いた。


菊乃は、薬種問屋『大黒堂』を窺った。

薬種問屋『大黒堂』は、いつもと変わらぬ様子だった。

菊乃は、薬種問屋『大黒堂』に入るかどうか迷い、躊躇った。

迷っている……。

久蔵は眉をひそめた。

菊乃は、覚悟を決めたように薬種問屋『大黒堂』の暖簾を潜った。

「旦那の佐川倉之介さまの薬でも買いに来たんですかね」

勇次は眉をひそめた。

「さあて、そいつはどうかな……」

久蔵は、小さな笑みを浮かべた。

「秋山さま……」

和馬と幸吉が、久蔵と勇次の背後にやって来た。

「おう、此処にいたかい……」

久蔵は笑った。


薬種問屋『大黒堂』の店内では様々な薬が調合されており、番頭や手代が町医者や客の相手をしていた。

菊乃は、帳場の前の框に腰掛けて伝次郎の来るのを待った。

「此は御新造さま。いらっしゃいませ」

主の伝次郎が奥から現れた。

「大黒堂さん、お約束のお薬を戴きに参りました……」

菊乃は、伝次郎に縋る眼を向けた。

「此処では何ですから。思案橋で待っていて下さい」

伝次郎は囁いた。

「思案橋で……」

「はい……」

伝次郎は、作り笑いを浮かべて頷いた。


久蔵は、和馬と幸吉から薬種問屋『大黒堂』伝次郎についての報せを受けた。

「秋山さま……」

薬種問屋『大黒堂』を見張っていた勇次が久蔵を呼んだ。

菊乃が薬種問屋『大黒堂』から現れ、東堀留川に足早に向かった。

「よし、俺と勇次が追う。和馬と幸吉は引き続き伝次郎だ」

「心得ました」

和馬は頷いた。

久蔵と勇次は、菊乃を追った。


人形町から東堀留川に架かる親父橋の手前を南に曲がると小網町《こあみちょう》二丁目になり、思案橋がある。

思案橋は、東堀留川が日本橋川に続く処に架かっていた。

菊乃は、思案橋の袂に佇んだ。

久蔵と勇次は見守った。


和馬と幸吉は、薬種問屋『大黒堂』主の伝次郎を見張った。

伝次郎が、薬種問屋『大黒堂』の裏手に続く路地から現れた。

和馬と幸吉は、咄嗟に物陰に隠れた。

伝次郎は、警戒するように辺りを見廻して東堀留川に急いだ。

和馬と幸吉は追った。

斜向いの蕎麦屋から雲海坊と由松が現れ、和馬と幸吉に続いた。


日本橋川には小網町と南茅場町を結ぶ鎧《よろい》ノ渡《わた》しがあり、様々な船が行き交っていた。

菊乃は、思案橋の袂に佇んで日本橋川の流れを見詰めていた。

久蔵と勇次は見守った。

「誰か来るんですかね……」

勇次は眉をひそめた。

「ああ。おそらく伝次郎だ……」

久蔵は睨んだ。

菊乃は、日本橋川を見詰め続けていた。

佇むその姿は、心細げで不安げで哀しげだった。

「秋山さま……」

勇次は、緊張した面持ちで東堀留川沿いを来る伝次郎を示した。

おそらく、伝次郎の背後や周囲には、和馬、幸吉、雲海坊、由松がいる筈だ。

久蔵は見守った。


伝次郎は、思案橋の袂に佇んでいる菊乃に近付いた。

「大黒堂さん……」

菊乃は、伝次郎を迎えた。

「御新造さま、店には来ないと云うお約束ですよ……」

伝次郎は、狡猾な笑みを浮かべて菊乃を見据えた。

「でも、お約束の薬を戴かなければ、私も困るんです」

菊乃は訴えた。

「御新造さま、薬は御禁制の品、それに痛みを押さえても病は治せないんですよ」

「存じています。それ故、薬で安らかな思いをさせてやり、私も一緒に……」

菊乃は、伝次郎を見据えた。

「死にますか……」

「ええ。さあ、早く約束の薬を……」

菊乃は、胸元の懐剣を握りしめて伝次郎に迫った。

「分かりましたよ……」

伝次郎は苦笑し、懐から小さな油紙の包みを出して菊乃に差し出した。

菊乃は、懐剣から手を離して小さな油紙の包みを受け取った。

次の瞬間、伝次郎は菊乃を思案橋の欄干に一気に押した。

「何をする。放しなさい」

菊乃は、欄干から仰け反り、抗った。

「煩い。お前が死ねば、何もかも丸く収まるんだ。死ね……」

伝次郎は、菊乃を思案橋の欄干から日本橋川に突き落とそうとした。

「お、おのれ、大黒堂……」

菊乃は、小さな油紙の包みを握り締めて必死に抗った。

「死ね……」

伝次郎は、抗う菊乃を日本橋川に落とそうとした。

次の瞬間、勇次と由松が現れ、伝次郎に襲い掛かって引き摺り倒した。

雲海坊は、倒れた伝次郎を錫杖で押さえ付けた。

伝次郎は踠《もが》き、抗った。

「神妙にしろ……」

和馬が、十手で打ち据えた。

伝次郎は蹲《うずくま》り、項垂れた。

幸吉は、菊乃を押さえた。

「何をします。私は……」

菊乃は抗った。

「佐川菊乃だね……」

久蔵は笑い掛けた。

「は、はい……」

菊乃は、素性を知られているのに驚き、凍て付いた。

久蔵は、菊乃が殺され掛けても握り締めていた小さな油紙の包みを取り上げた。

「あっ……」

菊乃は狼狽えた。

久蔵は、構わず小さな油紙の包みを開けた。

小さな阿片《あへん》の塊が入っていた。

「阿片か……」

久蔵は見定めた。

菊乃は項垂れた。

「か、神崎さま、湯島天神の女坂で太鼓持の常八を殺したのは、此の女です。此の女が御禁制の阿片欲しさに私に近付き、それを常八に知られて脅され、殺したのです」

伝次郎は、嗄れ声を必死に震わせた。

「嘘です。常八に脅されて殺したのは伝次郎です。大黒堂伝次郎が殺したのです……」

菊乃は、静かに告げた。

白い襟足の解《ほつ》れ髪が、吹き抜ける川風に揺れた。

「よし。話はゆっくり聞かせて貰おう。和馬、二人を川向こうの南茅場町の大番屋に引き立てな……」

久蔵は命じた。


和馬と幸吉は、薬種問屋『大黒堂』伝次郎を大番屋で厳しく詮議した。

「伝次郎、幾ら惚けてもお前が御禁制の阿片を餌に菊乃を抱き、菊乃を殺して口を封じようとしたのは明らかだ。それだけでも死罪は免れない……」

和馬は責めた。

「私が殺した。私が太鼓持の常八を女坂に呼び出して殺しました……」

伝次郎は、太鼓持の常八殺しを認めた。


佐川菊乃は、夫佐川倉之介が胃の腑の死病に苦しむ姿を見るのに耐えきれず、痛みを和らげる御禁制の阿片を手に入れようとした。

そして、薬種問屋『大黒堂』伝次郎に抱かれて阿片を手に入れ、倉之介に吸わせた。

倉之介の胃の腑の痛みは消え、安らぎの時を迎えた。だが、安らぎの時は長くは続かず、菊乃は阿片欲しさに伝次郎に抱かれ続けた。

それは、菊乃と伝次郎の秘密だった。

人は見掛けによらない……。

太鼓持の常八は、菊乃と伝次郎が出合茶屋『鶯や』に入るのを見た。そして、菊乃の身辺を探って素性を知った。

常八は、菊乃と伝次郎の秘密を突き止めて脅しを掛けた。

脅しは、薬種問屋『大黒堂』伝次郎の金が狙いだった。

放っておけない……。

伝次郎は、常八と菊乃を湯島天神女坂に呼び出した。そして、常八を刺し殺し、菊乃にその罪を負わせようとした。

久蔵は、伝次郎を死罪にし、薬種問屋『大黒堂』を闕所《けっしょ》にした。そして、佐川菊乃を放免した。

「此奴は、そなたが我が身を犠牲にして手に入れた佐川さんの薬だ……」

久蔵は、小さな油紙の包みを渡した。

「秋山さま……」

菊乃は、小さな油紙の包みを握り締めて久蔵に深々と頭を下げた。

御家人佐川倉之介は、胃の腑に質の悪い腫物が出来る病で死んだ。

その死に顔は、安らかで微かに微笑んでいた。

そして、菊乃が胸を突き、佐川倉之介に覆い被さるようにして自害していた。

やはり、微笑みを浮かべて……。

菊乃が、久蔵から渡された薬を佐川に使ったかどうかは分からない……。


和馬には、分からない事があった。

通り雨の降る湯島天神の境内で、菊乃は紺色の蛇の目傘を傾けて誰に向かって微笑んだのか……。

和馬は分からなかった。

何れにしろ、人には見掛けによらない隠し顔がある。

太鼓持の常八のように……。

そいつが人って云うものだ。

久蔵は苦笑した。

この作品は「文春文庫」のために書き下ろされたものです。

文春文庫

偽《にせ》久《きゆう》蔵《ぞう》

定価はカバーに表示してあります

新《しん》・秋山久蔵御用控《あきやまきゆうぞうごようひかえ》（八）

2020年8月10日　第1刷

著　者　藤井邦夫《ふじいくにお》

発行者　花田朋子

発行所　株式会社　文藝春秋

東京都千代田区紀尾井町 3-23　〒102-8008
TEL　03・3265・1211(代)
文藝春秋ホームページ　http://www.bunshun.co.jp

落丁、乱丁本は、お手数ですが小社製作部宛お送り下さい。送料小社負担でお取替致します。

印刷製本・大日本印刷

Printed in Japan
ISBN978-4-16-791543-8

（　）内は解説者。品切の節はご容赦下さい。

生き恥
藤井邦夫
秋山久蔵御用控
金目当ての辻強盗が出没した。怪しいのは金遣いの荒い遊び人とみて、久蔵は旗本の部屋住みなどの探索を進める。そんな折、和馬は旗本家の男と近しくなる。シリーズ第二十三弾。
ふ-30-28

守り神
藤井邦夫
秋山久蔵御用控
博奕打ちが殺された。この男は、お店の若旦那や旗本を賭場に誘い、博奕漬けにして金を巻き上げていたという。久蔵は手下たちとともに下手人を追う。好評書き下ろし第二十四弾！
ふ-30-29

始末屋
藤井邦夫
秋山久蔵御用控
二人の武士に因縁をつけられた浪人が、衆人環視の中、相手を斬り捨てた。尋常の立合いの末であり問題はないと誰もが庇う中、〝剃刀〟久蔵だけが違和感を持った。シリーズ第二十五弾！
ふ-30-30

冬の椿
藤井邦夫
秋山久蔵御用控
かつて久蔵が斬り棄てた浪人の妻と娘。質素ながら幸せそうに暮らす二人だったが、その様子を窺う怪しい男に気づいた和馬は、久蔵に願って調べを始める。人気シリーズ第二十六弾！
ふ-30-31

夕涼み
藤井邦夫
秋山久蔵御用控
十年前に勘当され出奔した袋物問屋の若旦那が、江戸に戻ってきたらしい。隠居した父親は勘当したことを悔い、弥平次に息子捜しを依頼する。〝剃刀〟久蔵の裁定は？　シリーズ第二十七弾！
ふ-30-32

煤払い
藤井邦夫
秋山久蔵御用控
博奕打ちが簀巻きにされ土左衛門になって上がった。博奕打ち同士の抗争らしい。〝剃刀〟久蔵は、わざと双方を泳がせて一網打尽にしようと画策する。人気シリーズ第二十八弾！
ふ-30-33

花見酒
藤井邦夫
秋山久蔵御用控
恋仲の娘を襲った浪人を殺して遠島になった男が、江戸に戻ってきた。だが今、娘には想い人が…。そんな折、島帰りの男の身に危険が迫る。そして新旧ふたりの男がとった行動とは？
ふ-30-34

（　）内は解説者。品切の節はご容赦下さい。

藤井邦夫
秋山久蔵御用控
野良犬

久蔵や和馬が若い侍に尾行された。かつて久蔵が斬り棄てた浪人の弟らしい。〝野良犬〟のようなその男を前に、身重の香織がいる秋山屋敷は警戒を厳重にするが…。シリーズ堂々完結。

ふ-30-35

藤原緋沙子
切り絵図屋清七
ふたり静

絵双紙本屋の「紀の字屋」を主人から譲られた浪人・清七郎は、人助けのために江戸の絵地図を刊行しようと思い立つ。人情味あふれる時代小説書下ろし新シリーズ誕生！　（縄田一男）

ふ-31-1

藤原緋沙子
切り絵図屋清七
紅染の雨

武家を離れ、町人として生きる決意をした清七。与一郎や小平次らと切り絵図制作を始めるが、紀の字屋を託してくれた藤兵衛からおゆりの行動を探るよう頼まれて……新シリーズ第二弾。

ふ-31-2

藤原緋沙子
切り絵図屋清七
飛び梅

父が何者かに襲われ、勘定所に関わる大きな不正に気づく清七。武家に戻り、実家を守るべきなのか。切り絵図屋も軌道に乗ったばかりだが——。シリーズ第三弾。

ふ-31-3

藤原緋沙子
切り絵図屋清七
栗めし

二つの殺しの背後に浮上したある同心の名から、勘定奉行の関わる大きな陰謀が見えてきた——大切な人を守るべく、清七と切り絵図屋の仲間が立ち上がる！　人気シリーズ第四弾。

ふ-31-4

藤原緋沙子
切り絵図屋清七
雪晴れ

勘定奉行の不正を探るため旅に出ていた父が、消息を絶った。父の無事を確かめられるのは自分しかいない——清七は切り絵図屋を仲間に託し、急遽江戸を発つ。怒濤の展開の第五弾。

ふ-31-5

藤原緋沙子
花鳥

生類憐れみの令により、傷ついた小鳥を助けられず途方に暮れていた少女を救ったのは後の六代将軍家宣だった。七代将軍家継の生母となる月光院の人生を清冽に描く長篇。　（菊池　仁）

ふ-31-30

（　）内は解説者。品切の節はご容赦下さい。

司馬遼太郎
竜馬がゆく（全八冊）
土佐の郷士の次男坊に生まれながら、ついには維新回天の立役者となった坂本竜馬の奇跡の生涯を、激動期に生きた多数の青春群像とともに大きなスケールで描く永遠の傑作青春小説。
し-1-67

司馬遼太郎
坂の上の雲（全八冊）
松山出身の歌人正岡子規と軍人の秋山好古・真之兄弟の三人を中心に、維新を経て懸命に近代国家を目指し、日露戦争の勝利に至る勃興期の明治をあざやかに描く大河小説。（島田謹二）
し-1-76

司馬遼太郎
翔ぶが如く（全十冊）
明治新政府にはその発足時からさまざまな危機が内在外在していた。征韓論から西南戦争に至るまでの日本の近代をダイナミックかつ劇的にとらえた大長篇小説。（平川祐弘・関川夏央）
し-1-94

白石一郎
横浜異人街事件帖
「人生意気に感じるのもよいが、ほどほどにしておけ」――義侠心にあつく、悪には情容赦ない岡っ引の衣笠卯之助。維新前夜の横浜を舞台にくり広げられる痛快熱血事件帖。（細谷正充）
し-5-23

白石一郎
海狼伝
日本の海賊の姿を詳細にかつ生き生きと描写し、海に生きる男たちの夢とロマンを描いた海洋冒険時代小説の最高傑作。第97回直木賞受賞作。（北上次郎）
し-5-29

白石一郎
海王伝
海と船へのあこがれを抱いて育った笛太郎は、いまは黄金丸の船頭として海を疾駆する。シャムでの実の父親との邂逅は、宿命の対決の始まりだった――。傑作海洋冒険小説の衝撃の続編。
し-5-30

篠　綾子
墨染の桜　更紗屋おりん雛形帖
京の呉服商「更紗屋」の一人娘・おりんは、将軍継嗣問題に巻き込まれ、父も店も失った。貧乏長屋住まいを物ともせず、店の再建のために健気に生きる少女の江戸人情時代小説。（島内景二）
し-56-1

（　）内は解説者。品切の節はご容赦下さい。

黄蝶の橋
篠　綾子

更紗屋おりん雛形帖

犯罪組織「子捕り蝶」に誘拐された子供を奪還すべく奔走するおりん。事件の真相に迫ると、藩政を揺るがす悲しい現実があった。少女が清らかに成長していく江戸人情時代小説。（葉室　麟）

し-56-2

紅い風車
篠　綾子

更紗屋おりん雛形帖

勘当され行方知れずとなっていた兄・紀兵衛と再会したおりん。喜びもつかの間、兄の修業先・神田紺屋町で起こった染師毒殺事件の犯人として紀兵衛が捕縛されてしまう。（岩井三四二）

し-56-3

山吹の炎
篠　綾子

更紗屋おりん雛形帖

ついに神田に店を出すことになり更紗屋再興に近づいたおりん。ところが大火で店が焼けてしまう。身を寄せた寺で出会ったお七という少女が、おりんの恋に暗い翳を落とす。（大矢博子）

し-56-4

白露の恋
篠　綾子

更紗屋おりん雛形帖

想い人・蓮次が吉原に通いつめ、生まれて初めて恋の苦しさと嫉妬に翻弄されるおりん。一方、熙姫は亡き恋人とおりんのために将軍綱吉の大奥入りへと心を動かされ……。（細谷正充）

し-56-5

紫草《むらさき》の縁《ゆかり》
篠　綾子

更紗屋おりん雛形帖

弟の仇討のため江戸を出た蓮次と別れたおりんは、悲しみから、針を持てず縫物ができなくなってしまう。大奥入りした熙姫の依頼で、将軍綱吉主催の大奥衣裳対決に臨むが……。（菊池　仁）

し-56-6

起き姫
杉本章子

口入れ屋のおんな

江戸のおんなを描いて「不世出の名人」と評された杉本章子、最後の傑作。お嬢さま育ちのおこうが妾斡旋もする口入れ屋の女あるじへ——。人生の機微を描いて泣かせます。（諸田玲子）

す-6-17

私本・源氏物語
田辺聖子

「どの女も新鮮味が無うなった」「大将、またでっか」。世間をよく知る中年の従者を通して描かれる本音の光源氏。大阪弁で軽快に語られる庶民感覚満載の、爆笑源氏物語。（金田元彦）

た-3-45

（　）内は解説者。品切の節はご容赦下さい。

田辺聖子
むかし・あけぼの
小説枕草子（上下）
平凡な結婚生活にうんざりしていた海松子。書き綴った「春はあけぼの草子」が評判を呼び、当代一のセレブ・中宮定子に仕えることに！　田辺版「枕草子」の絢爛豪華な世界。（山内直実）
た-3-52

高橋克彦
舫《もやい》鬼九郎
吉原近くで若い女の全裸死体が発見される。首を落とされ、背中の皮が剝がされた無残な死体。謎のスーパー剣士・舫鬼九郎が柳生十兵衛、幡随院長兵衛らと江戸の怪事件に立ち向かう。
た-26-19

高橋克彦
鬼九郎鬼草子
舫鬼九郎2
舫鬼九郎と仲間たちが、謀反の噂がささやかれる会津藩で宿敵・左甚五郎率いる根来傀儡衆と激突。甚五郎の背後に隠れた黒幕は由比正雪！　絶好調の時代活劇第二弾。（雨宮由希夫）
た-26-20

高橋克彦
鬼九郎五結鬼灯
舫鬼九郎3
旗本殺しの罪を着せられた幡随院長兵衛、顔を鼠に食われた遊女の亡霊に悩まされる高尾太夫、天海僧正が明かす九郎の出生の秘密など鬼九郎と仲間たちが主人公の短篇集。（田口幹人）
た-26-21

高橋克彦
鬼九郎孤月剣
舫鬼九郎4
父との対面を果たすため、九郎は仲間たちと京に向かう。だが九郎の存在を厭う父の命を受けた風魔衆が、次々と一行に襲いかかる。鬼九郎の運命は？　シリーズ完結編。（西上心太）
た-26-22

田中芳樹
蘭陵王
あまりの美貌ゆえに仮面をつけて戦場に出た中国史上屈指の勇将、高長恭（蘭陵王）。崩れかけた国を一人で支えながら暗君にうとまれ悲劇的な死をとげた名将の鮮烈な生涯。（仁木英之）
た-83-1

高橋由太
猫は仕事人
時は幕末。江戸は本所深川に化け猫のまるは住んでいた。裏の仕事人稼業からは足をあらって、桜や三味線を愛でる駄猫ライフを満喫するはずだったけれど……。痛快新シリーズ開幕！
た-93-1

（　）内は解説者。品切の節はご容赦下さい。

高橋由太
猫は大泥棒
近ごろ江戸にはやる「おネエ殺し」。おネエ同心中村は、事件解決に躍起になるが……。隠居した元同心の平四郎に飼われる化け猫まるとその仲間たちが活躍する書き下ろしコミカル短編集。
た-93-2

高橋由太
猫は心配症
有能すぎる与力の豪腕に、首のかかったおネエ同心・中村様は真っ青。闇では新仕事人が暗躍、元仕事人の化け猫まるはおちおち惰眠も貪れない——。書き下ろしシリーズ第3弾。
た-93-3

高橋由太
猫は剣客商売
南町奉行所同心の文吾は幼馴染の静馬と再会する。静馬はある秘密を抱えていた。一方化け猫まるのもとを訪れた親分猫のマサムネはある頼みごとをするが……。
た-93-4

高橋由太
猫はおしまい
江戸に連続する凄惨な「手首斬り」殺人。事件を目撃した同心・平四郎が犯人に狙われている？　案じた飼い猫の仕事人まるがとった策とは——人気時代小説シリーズ、感動の最終巻。
た-93-5

高殿　円
剣と紅
戦国の女領主・井伊直虎
徳川四天王・井伊直政の養母にして、遠州錯乱の時代に一命を賭して井伊家を守り抜いた傑女。二〇一七年ＮＨＫ大河ドラマにもなった井伊直虎の、比類なき激動の人生！　（末國善己）
た-95-1

立花水馬
虫封じ〼《ます》
時は文政。江戸・本所回向院裏の長屋にふらりと現れた侍・薄羽影郎は、剣ではなく「虫封じ」で江戸の人々の心の闇に巣食う虫を退治！　オール讀物新人賞受賞作他四篇を収録。（細谷正充）
た-96-1

田牧大和
甘いもんでもおひとつ
藍千堂菓子噺
菓子職人の兄・晴太郎と商才に長けた弟・幸次郎。次々と降りかかる難問奇問に、知恵と工夫と駆け引きで和菓子屋を切り盛りする。和菓子を通じて、江戸の四季と人情を描く。（大矢博子）
た-98-1

（　）内は解説者。品切の節はご容赦下さい。

田牧大和
晴れの日には
藍千堂菓子噺
菓子バカの晴太郎が恋をした!?　ところが惚れた相手の元夫は、奉行所を牛耳る大悪党。前途多難な恋の行方に不穏な影が忍び寄る。著者オリジナルの和菓子にもほっこり。（姜　尚美）
た-98-2

綱淵謙錠
斬《ざん》
最も人道的な斬首の方法とは苦痛を与えず、一瞬のうちにその首を打ち落とすことである。〝首斬り浅右衛門〟の異名で罪人の首を斬り続けた一族の苦悩。第67回直木賞受賞作。（西尾幹二）
つ-2-17

津本　陽
薩南示現流《じげん》
勇猛とおそれられた示現流開祖・東郷重位の妥協を許さぬ一生を描いた表題作ほか、示現流達人たちの太刀風を骨太に綴った剣豪小説集。〝不敗の剣法〟示現流ここにあり。（武蔵野次郎）
つ-4-56

津本　陽
獅子の系譜
勇猛果敢にして智謀にもすぐれ、徳川四天王最強の武将とうたわれた井伊直政。赤備えをまとい戦場を疾駆したその生涯と、徳川家康の天下取りを内側から描いた歴史小説の傑作。
つ-4-61

津本　陽
信長影絵
（上下）
すべては母に疎まれたことから始まった——。渇いた心が信長を天下統一に駆り立てた。『下天は夢か』から四半世紀、より深い人間解釈で描かれた、津本文学の集大成。（末國善己）
つ-4-70

津本　陽
剣豪夜話
剣道三段、抜刀道五段の著者が描く武人の魂。歴史に名を刻んだ剣豪、現代に生きる伝説的な武人。その壮絶な技と人生を通じて、日本人の武とは何かを考える、著者最後となる一冊。
つ-4-72

月村了衛
コルトＭ１８５１残月
懐に隠した最新式コルト拳銃。それが江戸の暗黒街の幹部・郎次の切り札だ。卑劣な裏切りで組織を追われた彼は銃を手に復讐を誓う。第17回大藪春彦賞受賞の大江戸ノワール。（馳　星周）
つ-22-1

（　）内は解説者。品切の節はご容赦下さい。

恒川光太郎
金色機械
時は江戸。謎の存在「金色様」をめぐって禍事が連鎖する——。人間の善悪を問うた前代未聞のネオ江戸ファンタジー。第67回日本推理作家協会賞受賞作。（東　えりか）
つ-23-1

鳥羽　亮
八丁堀吟味帳
鬼彦組
北町奉行所同心の惨殺屍体が発見された。自殺にみせかけた殺人事件を捜査しているうちに、消されたらしい。吟味方与力・彦坂新十郎と仲間の同心達は奮い立つ！　シリーズ第1弾！

と-26-1

鳥羽　亮
八丁堀「鬼彦組」激闘篇
狼虎の剣
立て続けに発生する、左腕を斬り落とし止めを刺す残虐な辻斬り事件。江戸の町は恐怖に染まった。事態を重く見た奉行所は「鬼彦組」に探索を命じる。賊どもの狙いは何か！

と-26-12

鳥羽　亮
八丁堀「鬼彦組」激闘篇
暗闘七人
廻船問屋・松田屋はある藩の交易を一手に引き受けていたが、不審な金の動きに気づいた若旦那が調べ始めた矢先に殺されたという。鬼彦組が動き始める。

と-26-13

鳥羽　亮
八丁堀「鬼彦組」激闘篇
蟷螂《かまきり》の男
ある夜、得体のしれない賊に襲われ殺された材木問屋の主人の遺体に残された傷跡は、鬼彦組の面々が未だ経験したことのない形状だった。かつてない難敵が北町奉行所に襲いかかる！

と-26-14

鳥羽　亮
八丁堀「鬼彦組」激闘篇
奇怪な賊
大店に賊が押し入り番頭が殺され、大金が盗まれた。中からは厳重に戸締りされていて、完全密室状態だった。そしてまた別の店が——一体どうやって忍び込んだのか！　奴らは何者か？

と-26-15

永井路子
美貌の女帝
壬申の乱を経て、藤原京、平城京へと都が遷る時代。その裏では、皇位をめぐる大変革が進行していた。氷高皇女＝元正女帝が守り抜こうとしたものとは。傑作長編歴史小説。（磯貝勝太郎）
な-2-51

（　）内は解説者。品切の節はご容赦下さい。

永井路子
山霧　毛利元就の妻（上下）
中国地方の大内、尼子といった大勢力のはざまで苦闘する元就の許に、鬼吉川の娘が輿入れしてきた。明るい妻に励まされながら戦国乱世を生き抜く武将を描く歴史長編。（清原康正）
な-2-52

永井路子
葛の葉抄　只野真葛ものがたり
伊達藩藩医の娘あや子。離婚、家の没落などを経て、只野真葛を名乗り、自由で個性的な随筆を執筆。〝江戸の清少納言〟と著者が評する真葛の半生を生き生きと描いた長編。（酒井順子）
な-2-54

中村彰彦
二つの山河
大正初め、徳島のドイツ人俘虜収容所で例のない寛容な処遇がなされ、日本人市民と俘虜との交歓が実現した。所長こそサムライと称えられた会津人の生涯を描く直木賞受賞作。（山内昌之）
な-29-3

中村彰彦
名君の碑　保科正之の生涯
二代将軍秀忠の庶子として非運の生を受けながら、足るを知り、傲ることなく、兄である三代将軍家光を陰に陽に支え続け、清らかにこの世に身を処した会津藩主の生涯を描く。（山内昌之）
な-29-5

新田次郎
武田信玄（全四冊）
父・信虎を追放し、甲斐の国主となった信玄は天下統一を夢みる（風の巻）。信州に出た信玄は上杉謙信と川中島で戦う（林の巻）。長男・義信の離反（火の巻）。上洛の途上に死す（山の巻）。
に-1-30

新田次郎
怒る富士（上下）
宝永の大噴火で山の形が一変した富士山。噴火の被害は甚人で、被災農民たちの救済策こそ急がれた。奔走する関東郡代の前に立ちはだかる幕府官僚たち。歴史災害小説の白眉。（島内景二）
に-1-36

新田次郎
槍ヶ岳開山
妻殺しの罪を償うため国を捨て、厳しい修行を自らに科した修行僧・播隆。前人未踏の岩峰・槍ヶ岳の初登攀に成功した男の苛烈な生き様を描いた長篇伝記小説。「取材ノートより」を併録。
に-1-38

（　）内は解説者。品切の節はご容赦下さい。

野口　卓
ご隠居さん
腕利きの鏡磨ぎ師・梟助じいさん。江戸に暮らす人々の家に入り込み、落語や書物の教養をもって面白い話を披露、時には事件を鮮やかに解決します。待望の新シリーズ。（柳家小満ん）
の-20-1

野口　卓
心の鏡
ご隠居さん㈡
古き鏡に魂あり。誠心誠意磨いたら心を開いてくれるでしょう──古い鏡にただならぬものを感じ精進潔斎して鏡磨ぎの仕事に挑む表題作など全五篇。人気シリーズ第二弾。（生島　淳）
の-20-2

野口　卓
犬の証言
ご隠居さん㈢
五歳で死んだ一人息子が見知らぬ夫婦の子として生れ変っていた？　愛犬クロのとった行動に半信半疑の両親は──鏡磨ぎの梟助じいさんが様々な「絆」を紡ぐ傑作五篇。（北上次郎）
の-20-3

野口　卓
出来心
ご隠居さん㈣
主人が寝ている隙に侵入した泥坊が、酒の誘惑に勝てず酔いつぶれたという隣家の話に「まるで落語ですね」と梟助さん。勢い話は泥坊づくしとなり──。大好評の第四弾。（縄田一男）
の-20-4

野口　卓
還暦猫
ご隠居さん㈤
突然引っ越したお得意様夫婦の新居を梟助さんが訪ねると、座布団に猫が一匹。まさかあの奥さまの願望が真実に!?　落語や豆知識が満載の、ほろ苦くも心温まる第五弾。（大矢博子）
の-20-5

野口　卓
思い孕《はら》み
ご隠居さん㈥
十七歳で最愛の夫を亡くしたイネ曰く「死んでも魂はそばにいるの」。そのうちイネのお腹が膨らみ始めて……。謎と笑い溢れる江戸のファンタジー全五篇。好評シリーズ第六弾！
の-20-6

葉室　麟
銀漢の賦
江戸中期、西国の小藩で同じ道場に通った少年二人。不名誉な死を遂げた父を持つ藩士・源五の友は、名家老に出世していた。彼の窮地を救うために源五は……。松本清張賞受賞作。（島内景二）
は-36-1